—————— 阅读之前 没有真相

午夜文库

系列的回归
2020年上海演讲稿兼《特奎拉日升》作者序
文泽尔

谢谢大家腾出宝贵时间来听这次讲座。去年也是在差不多的时间，立秋之后，因为另外一本书的宣传活动，到上海来做了一次两小时的演讲。记得当时是受了上海市作家协会和陆家嘴读书会的邀请，和今天完全一样的时间段，晚上七点到九点，而且有东方财经的录播，所以现场搞得特别正式，在地板上用很宽的胶带仔细贴了一个绿色的圆圈，那里是对应已经摆好的机位的。导播一边监督化妆师给我化妆，一边在旁边叮嘱，说：主讲人在讲的时候，千万不要因为情绪上过于激动，走出这个圆圈，因为我们是固定三个机位的，走出去之后，画面布局就不对了。我们虽然可以马上提醒您，但这部分恐怕就要被剪掉，所以最后可能整体的内容就接不上，所以请尽量不要走出这个圆圈。

现场应该有朋友听过我的讲座，在《荒野猎人》出版到现在的整整十年时间里，我在全国范围内陆续举办过六十多场面向读者的讲座，大部分集中在北京和上海这两座城市。内容方面，当然基本上是跟推理小说无关的，因为我同时也是一个私人图书馆系统的负责人，以及一个相对来说比较称职的德英文译者，还是几家大刊物的专栏和连载作者，同时也算是半个出版人——2018年的时候，我以公司负责人的身份，与清华大学出版社合作，第一次试水了民营文化公司性质的运作模式，出版了自己在《新视线》杂志上的文章合集，名为《旧视线》。由于对发行和渠道方面一窍不通，装帧设计也由公司自己的设计师做成了拼贴模式，太过重视细节，却完全没考虑到印刷和纸张，结果导致进印厂后效果并不出彩，或者可以说是"很不出彩"，放在书架上陈列时灰头土脸的，最后销量很一般。清华大学二部的主编宋老师还为此专门安慰过我，说清华的一些教材也差不多是这个销量。不得不说，这个安慰听起来反而更加扎心，因为"清华的一些教材"具体能卖多少，其实大家基本上都是能猜到的。

总之，因为上述这些乱七八糟的身份，我经常会收到各种各样的讲座邀请。记得我所做的规模最大的一次演讲，是 2016 年受湖北省文化厅邀请，在省图书馆举办的长江讲坛上做个人专题演讲，题目很大，叫《读书·藏书·写作》，大致是讲创作者的三重身份的。报名很快截止，听众有一千多人，大厅完全坐满了，但那次演讲却讲得很生硬，因为准备的时间并不充分，所选题目又太过宽泛，我就挑了很多自己特别喜欢的收藏与爱好——比如古典黑胶、德国电影、陶瓷人偶、搪胶玩具这样的内容来强化细节，将自己人生诸阶段中各种自己觉得挺有意思的事情，比如在德国马普科学院里做研究，晚上睡在科学院办公室里的经历，比如在西西里岛和埃及居住时，发生的一些意料之外的冒险，等等。天南海北说个不停，语速逐渐加快，讲到一千多位听众鸦雀无声，还自以为效果很好。最后听众提问环节，半小时，有个问题给我当头就是一棒喝：

"不好意思，您开始讲得还行，后面说得实在太快了，我什么都没听清……"

好在提问环节进行得不错,我调整了语速,讲了几个生活中真实发生的小笑话。正式的讲座时间结束后,被省图书馆里热情的长期读者们团团围住,回答了两个多小时的各种问题,类似于"人生相谈"那种的。大家很快就忘记了我先前糟糕的演讲,用各种能够写上字迹的东西让我签名,并且热情邀请我明年再来做一场演讲,要带自己的孩子去听。结果,后来我再也没有收到过省文化厅的演讲邀请,倒是当时偶然认识的一些爱好阅读的朋友,专程去了我开的图书馆,后来成了那里的常客。其中也包括一位市歌舞剧院的院长,过来读书或者聊天的时候,还总给书馆带来现场歌剧演出和民乐演出的赠票。何谓"高山流水",我想自己至少是在这方面感受到了的。

说回东方财经的绿色圆圈——那已经是去年的事情了,时隔一年,我记得依旧很清楚。因为是电视台录播,所以录制的时间长度是每期相同的,换句话说,就是必须要讲那么长时间。在今天的这次演讲之前,我所有的演讲都是不准备任何演讲稿的,只会写一份流程提纲,对应幻灯片中的每个环节,并且以关键词的形式写出每部分的重点,这是我过去受科研训练时长期养成的习惯。包括《冷钢》这一系列小说的内容要点,总共四十九本书的提纲,我都在十几年前就写好了,从诡计到架构,最重要的情节转折点,整体的人物线安排等等——那些都是骨架,只待填充血肉而已。

讲座正式开讲的时候,我都会在手里拿着随身的笔记本,圆珠笔插在有本次提纲的那一页,以便在自己想不起来时,赶紧翻开来瞟一眼具体进行到了哪里,是不是漏掉了什么好玩的点。我很享受这种半即兴的演讲,以及完全融入听众当中的公共生活感，仿佛过上了古希腊人一般的生活。但这样演讲至少有两个坏处，第一是很难控制每次演讲的时长，有时讲忘了形，会将整体时间拖长，引起部分观众和主办方的反感；有时又因为语速太快，讲完后还剩下很长时间，长到令主持人慌张的地步。去年东方财经的绿色圆圈就是后者——那次上海大雨雷暴天气，飞机晚点两小时，我由于这额外多出来的时间，将笔记本里的演讲提纲反反复复地看，心里模拟演讲时同步的状态，导致内容实在太熟，结果这样反倒害了主办方。好在出版社协同主持的那位老师冰雪聪明，在朗读书中选段的环节特意放慢了语速，主持人则使用一些让简单话语变得格外冗长的话术，最后成功帮我蒙混了过去。

  第二个坏处是活动结束后很难有文字资料留存。虽然这样说多少有些自夸的嫌疑，但之前的六十几场演讲当中，确实有几场讲得非常好，引述的故事有趣，口语化的语言风格也很灵活，听众反响强烈。问题在于，恰好就是这些我自己感到很满意的场次，却没有任何留存下来的机会，因为它们往往发生在极度偶然的场合，有着极为即兴的成分——比如多年前在北京大学，由波布勒先生邀请前去的那一场，纯讲推理文学的，各方面都讲得非常好，讲完之后，我们几个还去喝了个烂醉如泥。要命的是，第二天我宿醉之余，发现昨晚讲过的内容，在记忆中已经支离破碎，只余下那种十分确信的、知道那一场讲得很好的感觉。事后我问费宁——也就是当时还在新星出版社做营销编辑的一位老师，她当时也在演讲现场——我问她，昨晚那场是真的讲得很好，还是只是感觉过于良好的错觉。她告诉我，真的特别好。当时，2010年，午夜文库出版自己的第一本原创系列，选的是这本《荒野猎人》。因为是第一本，所以新星出版社方面、包括当时的社长谢刚老师都特别重视，在全国几个城市安排了好几场讲座，费宁一直都在跟场，而且她是一位非常真挚、诚恳的人，不会为了不得罪人就去说些讨好的话。因此，完全可以相信她所说的"特别好"这一评价是属实的。

然而那次就是没有记录，如今流行的直播录播，语音转文字之类一概没有，反而是后来几次规模较大的讲座，不止用上了摄影机，甚至还有不止一名笔录员。可惜的是，现场记录的方式越多，场合越严肃，我的即兴发挥就越差，事后回想起来时也越感到羞愧。省图书馆那次，笔录员还将现场视频做成了光碟，用图书馆的牛皮纸大信封专程封好了送来给我。几年过去，那枚大信封我从来没有打开过。有一次，热情的编辑老师将现场视频发在了微博上，专门短信过来请我转发，我也只好视而不见。我实际上是个很羞于去表现自我的人，尤其是当自我认知上觉得表现实在太差时，连自己都不想去面对，又怎么可能想要展示给其他人看呢。但是，反过来说，如果有好东西没有保存下来，我又会感到特别惋惜。

自从去年在绿色圆圈里的那次讲座之后，由于工作和疫情方面的原因，我有整整一年的时间没有进行过任何公开演讲了，今天恰好是长久以来的第一次。为了避免再次出现遗憾，我试着与新书的责编和营销老师商量，希望能够以演讲稿的方式来进行这次讲座。我很幸运，她们并没有认为在面对众多听众时拿着手机念已经写好的演讲稿这件事有什么不妥，虽然在我自己看来，这件事确实还需要好好地去适应一番。前段时间我一直忙于奥地利作家茨威格1942年完成的那本自传体小说《昨日的世界》的翻译工作，里面曾经多次提到西格蒙德·弗洛伊德，至于具体什么事情，可能是由于茨威格的自传文笔太过琐碎，现在我已经忘得差不多了，似乎是将人智学创始人鲁道夫·施泰纳的演讲与弗洛伊德的讲座做比较，说弗洛伊德有些事情做得太晚，也可能不是。关键在于，当时我突然想起了弗洛伊德的《精神分析引论》：1915年和1917年的两个冬天，弗洛伊德在维也纳大学讲课时的总计三部分讲稿经过整理之后，这本精神分析领域的经典著作正式诞生了。我的讲稿大概率不可能会被时代赋予如此的重要性，即便是在原创推理领域也不可能，但这份讲稿至少可以作为重启《冷钢》系列之后、《特奎拉日升》的作者序存在——这是没有问题的，而且也已经得到了责任编辑老师的默许。因为我们讨论的议题"系列的回归"，确实与《特奎拉日升》这本书有着很密切的关联。今天的讲座中，我会讲很多个故事——其实到现在为止，大家已经至少听过三个故事了。我想用讲故事的方式，讲自己的经历，讲平日里的生活，将关于推理小说系列化的诸多经验、想法，通过对故事的一两种解释，直观地表达出来。

我平日里写文章并非这种口语化的风格，如果大家读过我所翻译的卡夫卡小说《审判》和《城堡》的导读，会发现那是种典型的论文风格，《旧视线》这本书也是如此——唯有小说，尤其是写《冷钢》这一系列相比《荒野猎人》而言更"轻质化"的小说时，使用的是较为口语化的、轻松的语言，换句话说，也就是将平时随口说的话敲击成文字留存，好像之前说过的讲座笔录一样。在我看来，写系列化的类型小说就像是在当一名欧洲中世纪的说书人，以不以此为生倒在其次，最重要的还是讲述，诚如马尔克斯那本自传的标题——《活着为了讲述》。

《冷钢》已经是我十六年前出版的小说了，但里面发生的故事还要更早，是在二十世纪九十年代、与我同名的侦探还在十一分局当警员时发生的案子。除了订正少许错误之外，新版的《冷钢》并没有进行任何伤筋动骨程度的修改。我其实很想将整篇故事重写，并且也试着这样做过几次，但最终还是决定让它基本保持原来的样子。原因很简单，首先，我想尊重自己年轻时狂妄的想象与捏造；而且，系列故事的整体性早已定格，任何贸然的修改都可能会破坏掉这种整体性。如果是《荒野猎人》这样的独立故事，那当然是可以在想改的时候就直接动手开始改的，这就好像大友克洋的漫画《阿基拉》和动画《阿基拉》后半部分的情节有着根本性的不同一样，一体两命的创作，只对应着个人喜好，情节甚至可以是发散的、流动的，并不影响创作者想要表达给受众的那种"气氛"。但系列却是另一码事，这就好像你在《权力的游戏》或者《巴比伦柏林》这样的连续剧里，突然让之前已经死掉、死透的人物滑稽地复活一样，很容易导致许多既成事实不再符合逻辑。当你想要接着修改，比如后面某处地方因为前面这个改动而变得荒唐了，那就在后面再添加一些内容，或者找到会令观众感到荒唐的原因，比如外的某一处、某两处情节，再去修改——那么这种修改很可能又会令其他更多地方出现更多问题。"牵一发而动全身"，可以说是很合适的形容。当一个系列的故事越是需要强调一种整体性，"草蛇灰线"的地方越多，已经完成的部分也就越不适合进行太多修改。《冷钢》这一系列小说正是如此，已经完稿的七部长篇：《冷钢》《千岁兰》《特奎拉日升》《白矮星》《黑暗的女儿》《让最后一缕光芒消散》《无弦小提琴》——这七本书实际上已经勾勒出了"自由意志市"这样一座城市的整个"鲜活"的生态，每本书看起来都不会太过复杂，与《荒野猎人》这种有野心去塑造万有世界的独立作品相比起来，完全是两个概念。我在前面也已经说过，自己曾经尝试过，想要去修改主心骨，但在这样一个过程当中，我却发现这件事不太可能办得到。我将系列分为七册一辑，一共七辑，总共四十九册这样一种规划时，实际上已经安排好了所有人物的最终结局。四百多个有故事的人物，互相之间有着复杂的牵连，并且随着主线故事的推进，还会产生更多的羁绊，进而影响到最终的结局——这些都是在多年以前已经规划好了的。几十年时间过去，手机变得越来越小，汽车已经逐步电动化，人工智能的奇点仿佛随时都会到来。至于那些完全在人意料之外的事情，比如新冠病毒，比如巴黎圣母院的燃烧，比如新保守主义的抬头，它不会改变虚构世界中推进虚构人物的本质——在想法的洪流中，有些东西是不会变的。

  我在欧洲很多年了，很多爱好是在旅居德国的那段时间里养成并茁壮的，其中包括收集德意志留声机公司二十世纪五六十年代发行的古典乐唱片，主要是搜集国内称为"红头大禾花"的一种头版唱片。这些唱片有着非常规律化的、统一的封面设计风格。上方是方块黄标，被称为"大禾花"的郁金香中间包裹着缩写为"DGG"的德意志留声机公司名字全称，下面是有红底黄字的"立体声"字样。这种立体声唱片刚开始推出的那段时期，克数很重，直观看起来就是很厚实，录音效果极其之好。我所收藏的穆拉文斯基指挥柴可夫斯基第四、五、六交响曲的三张头版，几乎可以成为让人在听过之后义无反顾入坑黑胶的理由。这个故事讲到这里，不妨加一段小插曲，就此处刚好谈到的这个点，说些还是与推理作品系列化相关的东西：大家都知道柴可夫斯基第四、五、六交响曲，但却很少有人提到第一、二、三交响曲，相对冷门，这是因为前三部交响曲是柴可夫斯基创作摸索期的作品，略有斧凿痕迹，不算很成熟。作曲家的创作都是系列化的，所以当老柴第四、五、六交响曲成为不朽经典之后，第一、

二、三交响曲也得以长久流传——虽然相对冷门，但也一直演奏不断。这一方面是因为它们作为前期作品也确实达到了相当的高度；另一方面则是因为它本身是系列化的，是作为世界上最著名作曲家的系列交响曲整体中的一环而出现，所以得到了一定程度的宽恕和谅解。这就好像我们在看那些功成名就导演所拍的电影，比如马丁·麦克唐纳的《三块广告牌》之后，有可能会去找他的第一部正式短片《六发子弹的手枪》来看看一样，特定的创作者所创作出来的作品是具有连续性的——尽管《六发子弹的手枪》只有不到半个小时的时长，并且整体看来就像是《黑镜》当中的一部单元剧一样，但导演的风格已经融入其中了，他之后也一直在完善、发展自己的个人风格。

再举另外一个例子。我家一直祖传下来的各种东西里面，有一柄青花烛台。很多人也看过这柄烛台，几年前我在豆瓣上传过它的照片，参加类似"我家的老物件"之类的话题活动。烛台本身就是清代烛台的那种形制，由于是传世古，看上去很旧了，开片很舒服，但是绘的釉下青花怎么看都觉得有些不够灵动。家中长辈总说这是"文化大革命"期间，随便花费几角钱从路边摊子上买来的，是后世的臆造品，或者换取外汇用的新中国成立后的仿造物。说得久了，大家也就慢慢信了这种说法，证据就是瓶底的"大清乾隆年制"六字，写在双圈内的两行楷书款识，是将"乾""隆"二字分开的，皇帝再怎么催促唐英多造些官窑用具，也不会想到要将自己的名字拆成两半写在器物的下面吧。结果在我发出照片后不久，有位自称专门鉴定文物的人士私底下找到我，说我这款是真品，想求些细节图。我当时并不太信任这种不请自来的宣称，总感觉会是某种连环设套的骗局。但对方言语诚恳有据，所以我也开始留意这件事。最后托了出版社方面的一份关系，请到北京一位真正的清代官窑权威掌了掌眼，发现这柄烛台确实是货真价实的传世古，款识的图例也对过了，作为官窑烛台而言，还属于是很稀罕的一种，算是得到身份认证了吧。此事发生之后，烛台算是应了一句话，叫作"化腐朽为神奇"——它原来就随意放在我一处常住的房子里，用来装那些闲置的乐高零件，冷落得不能再冷落。现在却被小心谨慎地放置在博古架上，用最适合它年代的方式收藏、打扫，偶尔迎来宾客们的啧啧称奇声。有时我不禁会想，身份认证前和身份认证后，这柄烛台又有什么改变呢？不过是个很典型的"赋魅"过程罢了，变的仅仅是周围人群对它的看法而已，它本身一成不变。很多文学作品岂不也是这样吗？

还是说回到"红头大禾花"，这个系列的每一张黑胶都拥有非常具有整体性的、和谐统一的封面设计风格，它的这种美感甚至在一定程度上超过了内容本身。由于被其中一些唱片的内容吸引，比如穆拉文斯基的柴可夫斯基交响曲，比如卡拉扬与里赫特合作的"第一钢"，比如富尼埃的圣桑……虽然在黑胶收藏界，"红头大禾花"整体的珍稀程度和口碑不如大德卡的"蓝背"宽标头版，但在收了一些大德卡"蓝背"比如里奇的门德尔松，以及安塞美的天鹅湖之后，我依旧没有放弃对"红头大禾花"的持续追求，因为系列的整体性实在太令人着迷了。大德卡虽然录音很美，但封面设计却天马行空，不怎么具备收藏品应有的整齐划一，所以——至少在这一点上——大德卡对我的吸引力是没有"红头大禾花"强烈的。

对于患有重度收集癖的人士而言，这里说的实际上是种普遍的毛病，可以说是收藏者们病入膏肓的一种通病。唱片就先放在这里不说了，藏书其实也是如此。豆瓣上有一个小组，名字叫作

"全集控"的，就是专门收藏像我们这种人的。像是上海译文出版社出的"窗帘布"系列小精装、牛津的董桥、午夜文库的红壳精装，都是典型走系列化路线的例子。单独的作者系列还好说，除了"窗帘布"之外，还有过去的"网格本"，连作者的国籍都不一样，内容更是千差万别，无非都是得到读者公认的名家经典而已，它就也成了一整套的系列。我跟很多收藏"网格本"的书友聊过，他们也坦承其中有些作家的作品并不喜欢，甚至收回来之后连翻都没翻过，但这并不妨碍收藏这种"整体性"给他带来的、那种满足了收集癖占有欲时的强烈喜悦感。请注意，我举这样一个例子，并不是在说内容怎么样都无所谓，其实这倒是个反例了：比如上译的"窗帘布"系列出到后面，里尔克《马尔特手记》跟亚米契斯的《爱的教育》居然是一套书，这真的合适吗？

我想表达的意思是，作为系列小说而言，装帧设计的系列化同样是很重要的。什么是一本书？或者描述得更精确些——什么是一本实体书？它不只包括书的内容，还包括装帧设计、用纸、内文字体和排版，所有一切皆为整体。对于新版的"自由意志市"系列实体书的装帧而言，我很高兴能够强调这种系列化的设计感：午夜文库的设计师已经设计好了第一辑前五本的封面，我已经看过设计好的封面，对于内容元素系列化的方式感到十分满意。设计师本人显然也是认真读过这些小说的，从某种角度上来说，书籍的设计师也是一本书的共同创作者，这份功勋是不应该被埋没的。如果，仅仅说是如果，在最理想的情况下，我真的能够完成所有提纲对应的整书内容，并且在午夜文库顺利出完"自由意志市"系列的这四十九本书的话，我希望到时候这四十九本书，能够具有像现在已经设计好的前五本封面一样的系列整体感；与此同时，我也希望在座的各位到时能够顺利读完这四十九本书。然后，在多年以后，还能够有机会在某座城市的某间书店里，再听我讲一些新的故事。

刚刚说完的这些话语存在着一种预设，就是将台下的全部听众预先设想为非常熟悉我作品的读者，它实际上并没有考虑到那些只是因为偶然看到了书店活动通知、正好又报名成功，所以才前来参加这次活动的、纯粹对题目好奇，甚至根本就不认识我的书店爱好者。我不知道台下有多少这样的爱好者，说实话，当我写下我正在说出口的这些文字时，真正的时间点是在前天凌晨两点半。那时候我甚至根本就不知道总共会有多少听众来到这个现场，人也不在上海。唯一已知的相关消息就是，报名人数很快就满了，书店方面又开放了新名额，人数应该在四十人以上。所以我想，以这样一个听众基数来推算，那么应该是有完全不认识我的爱好者存在的，因为我也曾经是一个这样的爱好者。当我还是一名大学研究生，还没正式开始读博士的时候，每个周末都会去斯图加特市中心的一间大型书店听一场随来随走的讲座。我从来不会提前登录书店网站，也没有订阅过他们每周定时发送的活动目录。如此一来，每周的讲座对于我而言就是一次全新的体验：我在书店听到的可能是任何人所讲的任何主题。当时的我正在创作"自由意志市"系列，着迷于这种随机性。或许这种俄罗斯轮盘赌式的听讲座方式，不知何时就会听到一些"足以让脑袋爆炸"的刺激性内容的快感，才是造成大家眼前这个借"自由意志"之名肆意创造出一整座虚构城市的侦探系列的罪魁祸首。

那么，对于眼前可能存在的陌生读者们，我该用怎样一种方式来介绍这个系列，以便让从来未曾读过、从来未曾接触过它的读者们产生些许的阅读兴趣呢？我想，可能最简单的办法还是讲故事。况且我手头也确实有一起亲身经历的事件，而且就发生在不久前。这个故事稍微有一点前因后果，它的主要线索是我只要睁开眼睛就必须要戴的眼镜，所以我们现在就从眼镜开始讲这个故事。

实际上，我的近视并不严重，成年之后几乎没有增加过度数。我的上一副眼镜还是2017年年初到眼镜店配的，配镜师傅的水准非常高，镜架也很合适，所以我非常爱惜，希望能一直戴下去。今年年初汉口暴发了新冠病毒，当时记得是封城的前一天，情况已经非常紧急了，我因为要购买口罩，去了一趟循礼门的中联大药房。当时我正在柜台刷医保卡，有个十来岁的少年突然冲了进来。那人身上穿的是带拉链的连帽卫衣，是那种有些潮牌会出的"阴阳衣"，就是衣服左右用不同面料缝制成一件的衣服，很瘦。有些可能会引起争议的特征，我这里就不多说了。总之，那人口罩只戴一边，大吼大叫，情绪十分激动，说自己已经感染了病毒，然后就是"要钱要东西否则传染这里所有人"之类威胁的话。当时由于太过吃惊，包括药店营业员等好几个店内的人，包括我自己，都不知该如何是好。营业员劝了他两句，但每个人都站在原来的位置，没有动。那人见众人没动，打开了药房门口的药柜，拿了些东西就走了。注意——是走，不是跑，就是大摇大摆地直接走了。

我当时觉得这样肯定不行，就追出去，想让那人将强拿药店的东西还回来。但那天下着雨，循礼门的马路上积了很多水，我赶得实在太急，刚追两步就踏了空，滑倒在地。我还记得当时旁边是一间水果店，水果店还开着门，门口摆着春节串门时偶尔会带去送给亲戚朋友的那种果篮。当时不只摔伤了膝盖，眼镜的支撑处也断开，裂成了两半。当天晚上我详细向警察描述了那人的外貌，以及当时的情况。警察告诉我，药店随后就关门了，他们明天还会再去现场,会想办法抓住这个抢劫犯的。虽然直到现在,我也不知道那人是否已经伏法,但在当时,我的眼镜是肯定坏掉了的。我的妻子用田宫产的一种速干模型胶给我粘好了那一边破损的地方,将眼镜腿和镜片直接粘到了一起。因为速干胶用得太多,眼镜的一侧仿佛蒙上了一层水汽,看东西的侧边有些模糊,但还是勉强能够看清楚。

封城之后我做了志愿者,成立了一个小的团队,同时利用自己在几处平台上的影响力,向外界发送武汉的讯息。床位最紧张的那段时期,我们的团队帮很多病人联系到了床位。在那一个月里,我经常戴着用速干胶粘好的眼镜往返协和医院本部,联络宝岛公园的顺丰快递点,尽可能提供各方面的协助。结果有一次,可能是由于口罩戴得太厚,我出现了过度呼吸的症状,在协和医院——万松园的高危地区又摔了一跤,这次另一边镜片也摔破了。那天回家之后,我妻子再次拿出速干胶,帮我粘上了另一边镜腿。

武汉市的疫情基本结束后,我的很多想法发生了改变。也许是为了时刻提醒自己,至少在未来的很长一段时间内,不要忘记疫情期间经历过的困难。我决定不去配新眼镜了,就一直戴这副眼镜,戴这副两侧镜腿都是用速干胶硬摁在镜片上的、仿佛象征着"苦难"的眼镜,戴这副因为粘上了速干胶蒸腾出来的速干雾气,无论何时何地,看什么都像是蒙了一层薄雾的眼镜。

但这真的是一种雄心壮志吗?从结果上看,倒更像是一种带有自我强迫性质的自残。那段时期我正在写新的小说,翻译卡夫卡和黑塞。每当我将笔记本放在视线平齐稍低的位置时,眼镜就开始逐渐从脸颊边滑落、滑落、滑落……如果我不腾出手来扶一扶它,它就会直接掉下去,然后再走一遍速干胶流程——别问我怎么知道的，因为这个速干胶流程我至少重复了两次。而且，如果大家经常做军事模型的话，肯定清楚田宫这种速干胶的特性——它本质上是一种塑料，当你用得越多、粘的次数越多时，它就会在用胶的位置积累得越厚，接触点也会变得越脆。而且，这种速干胶还会腐蚀树脂镜片，让原本光滑锐利的承力点变得像砂纸表面一样粗糙。久而久之，这副眼镜变得越来越不堪使用，几乎每隔两天就要坏上一次。然后——就在这次讲座开始之前不久，我所认识的身边所有人——包括我自己——我们对这副眼镜的忍无可忍终于达成了高度一致。大家可以看到我现在戴的这副新眼镜，非常轻便，视野也很大，而且放弃了长久以来的矫正尝试，在度数较高的那侧加了二十五度，所以看东西比原来更清楚了。

好了，眼镜的故事这里就告一段落。实际上，这个故事所想要表达的恰恰也是"自由意志市"这一系列总共四十九部小说的情感内核，总结起来就是八个字：放弃坚持，迎接失败。

最终被抛弃的眼镜象征了什么？我想，大概是在这座虚构城市里发生的每一个故事、每一种错误的雄心壮志。我的小说里的犯罪者们，几乎每一位都是悲情人物，只有个别是例外。在这些系列故事中的每一个角色身上，都存在着某种简单、质朴的真实成分。这些故事既没有那么本格，也没有那么冷硬，它们是一种想象中的真实。所以这里又出现了一个"为什么要系列化"的理由，因为有着如此紧密联系的、跨度如此之久的侦探系列，它拥有足够的时间与空间，足够营造出可以让人沉浸其中的氛围，或者说是一个虚构的世界，相比于借身某座具体的城市这种方式，要更有特色也更具活力一些。我常常思考世界是什么，这样的思考总是在引诱我滑向不可知论的深渊。在我这一生中去过很多个国家，在很多国家居住过。在现代人的认知当中，世界是由一个个节点组成的。我们坐上飞机、火车，各种交通工具往返于这些节点之间——这些节点是城市，是人类的聚居地，但其他地方呢？那些途经之处呢？窗外流动变化的风景，长途坐车时偶然醒来看到的某栋毫无特色的建筑物，然后你又睡去了，并不知道具体的时间，醒来后也不知道那是哪里。在我们悠远而漫长的记忆当中，是否都有这样一类时刻呢？我想，这样的一种氛围，正是以《冷钢》开始的这个系列所想要表达的。

我是一个很喜欢看漫画的人，最近在追的漫画是藤本树的新作《电锯人》，他之前的漫画包括短篇我也都看过了。多年前我很喜欢看古谷实和驾笼真太郎所画的青年漫和奇想漫，并且因为喜欢他们而结识了一群喜爱漫画的、志同道合的朋友，那都是十几年前的事情了。现在他们似乎逐渐边缘、寡作了，当然这大概也是我的猜测，因为我不再关注他们了，甚至连那个一度十分有名的"绅士站"也永久关闭了。当年十分热爱猎奇漫的这一小撮朋友当中，有位非常传奇的人物，目前正在做一个名为"出笼"的国产独立漫画项目。我从去年开始与她合作，正在将《特奎拉日升》这部小说改编为图像小说。这件事涉及关于系列化故事的风格设置问题，所以我要在讲座的最后，将这个关于漫画的要点单独拿出来讲一讲。实际上，早在列出系列提纲的那个时代，我就是以"漫画的文字化"这一指导原则在创作自由意志市系列的，大家能够在阅读这个系列的过程中，很明显地感觉到有很多漫画化、电影化处理的地方。而且，在所有已经完成的系列小说中，《特奎拉日升》是最像电影剧本的一部。我正在创作的这一套漫画定名为《出龙》，它一方面与"出笼"这个漫画项目同名，暗示着两者将会协同共生；另一方面，也是因为《特奎拉日升》

这本书的题目其实等同于名为"龙舌兰日出"的鸡尾酒，取头尾二字，颠倒过来，能够在人的脑海中形成一种简短有力的口号力量，以及古老图腾一般的"龙"的既视感。这部漫画当中确实有很多内容是在致敬历史上各种"龙"的形象，东方的龙、西方的龙、真实的白垩纪恐龙，以及幻想中的龙。在写这篇演讲稿的时候，我已经快要画够出版单行本的原画张数了，一部分《出龙》第一话与第二话的原画，也将在讲座之后作为礼物送给大家。如果现场有之前订阅过我试连载的七十张漫画的朋友，应该知道我所画的漫画是非常不日本的，也是完全反条漫的——这种全彩大幅漫画创作起来有些类似于插画，完成每张都非常难，需要付出大量的时间和精力。我在现实生活中是个非常忙的人，希望能够在从今天算起的两到三年内，顺利将《特奎拉日升》以图像小说的形式改编完成，让《出龙》真正能够成为有意思的国产独立漫画吧。我在这里特意没有提"推理漫画"，没有将它归入此类，是因为我想讲的始终还是一些平淡真实的故事，它在过程中有推理和悬念，有疯狂和悲苦，它是以一个完整故事的形式来呈现人与人之间的关系，刚好以一起酒会上的谋杀案件作为背景。不止《出龙》如此，《特奎拉日升》本身也是如此。

最后一个故事是关于《荒野猎人》真实结局的小故事。十年前，我曾经说过谜底将在《吸血馆与穿刺公》这本书中揭晓；十年后的今天，这本书还没有开始动笔。那么《荒野猎人》十周年纪念版中增补的二十二页，究竟是不是真相的全部呢？我想，所有已经读过的人心中肯定早有判断，那么这里还是继续"挑战读者"好了。

西班牙出产一种非常有名的品牌瓷偶，中文名字叫作"雅致"的，人物做得很漂亮，花卉的表现是一绝。但实际上，这个品牌的普通瓷偶大部分都是在景德镇生产的，唯有两件事必须在西班牙来完成：其一，是给瓷偶画上眼睛；其二，是在瓷偶底部打上商标款识。我曾经看过一些所谓原单货，拿来跟自己在西班牙购买的专卖店正品做比较，发现那些由代工厂画眼睛的作品，无一例外目光呆滞。虽然笔画、画法、位置全都近似，但那寥寥数笔稍有区别，就会显得失神。写小说其实也是极为相似的一件事。里尔克曾经说过一句话："哪里有什么胜利，挺住就是一切。"但大家可能并不知道，里克尔是个生活得极为精致的人，他"挺住"的其实是自己精神上的困境——这就又回到我们之前讨论过的、两边镜腿都用速干胶粘上的眼镜问题上了。我每次去莫斯科的时候，总是会到米哈伊洛夫宫看一眼那辆属于列宁的劳斯莱斯轿车，这种油然而生的强烈对比会令我联想起很多事情，比如卡夫卡的短篇小说《判决》里面那位远赴俄国的朋友。当我们创作得越多、对世界了解得越多时，我们对世界的感觉，就会越来越接近某种混沌状态的临界点。大家现在能够看到的"自由意志市"侦探小说系列，以及与它相关的漫画创作，它们实际上都在逐渐趋近于某种临界点。十几年的时间眨眼就过去了，现在我的创作似乎又快回到原点，并且也没有抛下自己心中过分理想化的部分，对此我感到十分庆幸。

序 言

"特奎拉日升"（Tequila Sunrise）——实际上，Tequila 这个词的发音应为"特基拉（tekila）"，但我更喜欢用"特奎拉"这个名字：因为那真实的发音和译字很容易令我联想到基洛夫飞艇或者其他一些笨重又愚钝的东西（笑）。

如我们所熟知的，"特奎拉日升"是一种十分有名的鸡尾酒。这名字的来历，是因为它奇妙的分层颜色——由上层的淡黄逐渐向橙色过渡，最后变为橙红色；颜色的成因归功于三份的橙汁和最后沿杯壁缓缓倒入的少许 Grenadine（也作 Grenadine Sirup）。Grenadine 是调酒中极常用到的染色剂，在国内经常被称作"石榴糖浆"。但实际上却并不是从石榴（德语为 Granatapfel——这是一个在翻译中很常见的误解）中榨取的，而是来源于各种带深红色液汁的莓果（如覆盆子、黑茶藨子、欧洲黑莓等）。

当然，作为鸡尾酒，一份的特奎拉才是至关重要的——特奎拉即为我们通常说的龙舌兰酒，墨西哥的特产。我最终选定这样的一个名字，而不称其为最开始设定时所定下的《龙舌兰谋杀案》，是因为鸡尾酒的分层对于这个案件的进展有着很不错的借喻作用。

也可以叫作"酒会谋杀案"的——看上去,这个名字的概括性或许还更强些。

这将是一个小品级的案子,构成全篇的将会是大量的对话和少许的描写;这同时也将是一个典型的"暴风雨山庄"型案件——这样的类型我很少操作,主要是因为我偏好于开放式的场景,因为我讨厌封闭空间里狭隘的"无限可能性"。

但我终究还是想试着写写这样的一篇东西,起因是一个很简单的原创谜题,以及一些相当有趣的知识——我试着将谜题深化,并且加入一些必要的情节和感情因素在里面(对于小说而言,这些当然是必要的),完成了这么个案子。

希望大家能够享受这杯新调的酒,加冰还是柠檬汁,请各位自行斟酌。

特奎拉日升

文泽尔 著

新 星 出 版 社　NEW STAR PRESS

目 录

7	第1节	引 子
10	第2节	邀 请
18	第3节	在酒会上
22	第4节	摩吉托
29	第5节	赫塞尔夫妇
37	第6节	老朋友
41	第7节	艾米的要求
44	第8节	死者约翰
47	第9节	初步的分析
52	第10节	恐吓信投递者
58	第11节	死者西尔斯
67	第12节	厨房的调查
74	第13节	雷尼尔樱桃
77	第14节	和奥古斯特的最后对话
80	第15节	第三个死者
85	第16节	在侧厅里
92	第17节	德国之恋
98	第18节	现场重演
105	第19节	时间问题
113	第20节	朋友的争执
117	第21节	卡尔的案件重现
133	第22节	第三个血字
141	第23节	文泽尔的案件重现
165	第24节	特奎拉日落
174	第25节	尾 声
181	后 记	
185	附录一：朗姆酒和"哈瓦那俱乐部"	
188	附录二：来自墨西哥的龙舌兰酒	
192	附录三：雷尼尔晚熟樱桃	
194	附录四：新哥特式建筑	
196	附录五：其 他	

我最爱的约翰：

我想你。

无法克制地想着你……

我们什么时候再去柏林呢？

星辰在我屋顶的小窗外缓慢游移，明亮的月光染白了云朵，灰色的风包裹着夜的宁静……它们在我的窗外跳着美丽的华尔兹——不知在波茨坦的你有没有看到？

汉堡的夜晚很冷，或许现在已经接近凌晨。我刚刚洗干净最后一只啤酒杯，华尔达先生关门的时候，我喝了一点朗姆，眼泪忽然就淌了下来。

没什么的，别担心，我亲爱的——你知道，我有些累了。

我们什么时候再去柏林呢？

怀念根达尔门角落里的那间酒吧，你一定还记得——那两只黑色高脚椅，你吻了我，第一次吻我。那情景就这样停留在我的眼前，停留在我的窗外，停留在不远处的云朵上，任何时候都令人陶醉不已。

怀念在波茨坦的那间小屋，我们将那张小床搬到了阳台上——那张床太小太窄，不紧紧拥抱根本无法睡好。你还记得，那晚我们躺在那张小床上，拥抱着，却怎么也睡不着。直到清晨带来的露水，冷冰冰的，挂满了我们的脸庞。你将它们蹭在我的胸口，你的胡楂儿弄疼了我。我拿起一本书想打你的脑袋，就在那一瞬间太阳升起……

到现在我还记得那本书的名字——那是《蒂埃哥·委拉士开兹画选》，一本漂亮厚重的全彩画集。你还记得吗？我们躺在萨维尼广场的草坪上，翻看着那本书，商量着要去席勒剧院好好地看一场歌剧。

呵！说到委拉士开兹，我想起来了，在介绍中我看过——这个可怜的人是累死的，他被葬在圣胡安教堂，现在连墓地都找不到了。

你说，我会不会也累死在这间小屋里呢？

不！你误会了，华尔达先生待我很好——我会累，是因为我想着你，每一分每一秒地想着你，一刻不停地想着你。

你让我精疲力竭。

我的小约翰。

我们什么时候再去柏林呢？

你已经好长时间没有给我写信了。我知道，你一定是很忙，我不会怪你，除了会想你。我想骗你说我不想你，但我却无法写下那样狠心的句子。

我想你。

我想你。

我想你。

什么时候，我们能一起回自由意志市呢？算我求你，我们一起去见见海因纳先生，恳求他原谅我们。以后，我们可以在琉苏饭店附近开一家小酒吧——那里离艺术学院很近。你知道，我曾经多么想要学习绘画。

我的哥哥不喜欢我在酒吧工作，但没办法，我的父母欠下了太多的债务，我不能让他一个人来负担。我还没告诉哥哥我们的事——我很担心他无法接受，他是一个天主教徒，也是一个老实本分的人。

　　但我有时候真的不理解他，就像他不理解我一样。甚至，我渐渐开始有些恨他——噢约翰，原谅我在此剖白我自私的心。你知道，不被亲人理解是一件多么痛苦的事情！

　　写到这里，我突然感到有些淡淡的悲哀，原谅我——我不想再写下去了。约翰，我的约翰，我好想你，想紧紧拥抱你。我们不去柏林了，我们哪儿都不去了。只要能够在一起，我们俩，待在只属于我们自己的家里——一间小屋，有狭窄又温暖的床，床边有一盏灯，就足够了。

　　我不再写下去了，我又看了一眼屋顶的小窗，那里有一只海鸥刚刚飞过。

　　天快亮了。

　　我有点感冒，想要睡了。明天要和华尔达先生一起去取啤酒，可能会回来得晚些。如果你突然想到，要给我打个电话的话，明天不要打来。

　　我已经有好几个月没有接到你的电话了。

　　如果可以的话，期待你的回信。

永远爱你的
西尔斯

西尔斯：

  我知道你喜欢写信，我曾经觉得这很怪。但现在，当我真正展开了信纸，拿起笔开始给你写这封信时，我觉得挺有趣的，真的。

  汉堡的天气永远都做不到平易近人，我知道，我们在阿尔斯特湖畔的长椅上坐着，你就是用那种和汉堡天气一样的态度应付着我。我很失望，我还以为你会和你调的 Daiquiri① 一样简单热情。当我起身要走的时候，你却从后面抱住了我，我知道你哭了，你的抽泣牵动了我的心。我一动也没动，那时候，你还记得，就让你那样抱着我，泪水顺着我的衣领流下，弄得我背上凉凉的。我一动也没动，却听见身后圣约翰尼斯教堂的钟声响起……

  如果你能将那些称作约会的话——我不得不说，每一次都有伤心的回忆，却又总能从中找到那么一点欢笑和感动。你的若即若离俘虏了我——爱真是奇怪的东西：她从不曾从你的口中说出，但我却清楚知道，我们拥有她。

  你从不告诉我你为什么而忧郁，为什么看着夕阳一根接一根地抽烟。你说有一天你会离去，听到那话的时候我总是很担心。你知道我很犹豫，虽然我也没有父母，但我的姑姑待我很好——她老了，我想留在她的身边，照顾她。

---

① Daiquiri，一种朗姆基的鸡尾酒。此酒名源出古巴，是离圣地亚哥十四公里外一个庄园的名字。这道著名鸡尾酒有很多变种，比如因海明威而出名的 Papa Doble。（下同）

我知道你不会一辈子留在汉堡，你的心也放在你的故乡——你对我说过你哥哥的事情，也提到你小时候的事，还有海因纳先生，阿克瓦维特和比托姆老板……你说那个城市的晴天很美，你说新皇官的夏季烟火晚会要比汉堡的好看很多倍，你说那里的植物园里开着我从未见过的含羞草和金盏花，你说魔羯湖的波光在晚上会闪闪发亮，你说在澳黎津山山顶的小教堂结婚就可以得到一生的幸福……

你看我在说什么呢！你会和我结婚吗？

我也想拥有一个完整的家，也想有一个听我们管教的好孩子——我从未认真思考过幸福的含义，直到我和你一起躺在天台上、那张雪白的床单上。我们看着汉堡的天空，那里有海鸥飞过，还有阳光，就那样慷慨又温柔地洒在我们身上……我抚摸着你的背脊，看着你融解在阳光里——那时候，我似乎摸到了幸福的脉搏，发现他正跳动在我们身上，从来就未曾离开过。

你有多少天没有和我见面了呢，西尔斯？

我觉得你在隐瞒着我什么——我的心肝，你知道那样不好。

我知道明天是个难得的晴天，如果可能，我希望你能抽空陪陪我。我们再去一趟阿尔斯特湖，我们从圆顶美术馆那边走到桥上，我们不去对岸——我们从桥中央跳下去，顺着水道漂到易北河，然后就来到北海，去到丹麦……我们最好能走进童话王国里去，就像豌豆姑娘和她最后遇见的王子一样。西尔斯，你会给我带来翅膀吗？如果只有我一个人，如果这世界上只剩下我一个人……不用想了，我一定会从高处坠下，面对着闪亮的星辰，在浩渺的宇宙中找寻你忧郁的脸……

看看我都说了些什么。明天是星期天，走出你的小屋吧，西尔斯。趁着清早，我们可以去鱼市场看看。我会为你挑选出一条最新鲜的鳟鱼,我会亲自下厨,给你做你最喜欢吃的黄油炸鳟鱼……如果你的心情好,就来上一大杯烟啤!不要喝朗姆了,那对身体不好。

  我爱你。
  明天见!

胡思乱想的
雅玟

第 1 节 引 子

"我的天……喂！文泽尔，你这是在干什么？你为什么拉我的手……你要带我去哪里？那个……塔芙妮就在外面呢，你再这样我可要喊了！"

FW5 台的漂亮女主播、塔芙妮的闺中密友，此刻正被我们的侦探拉着手，向一具刚刚被发现的、倒在血泊中的尸体旁边的狭小隔间走去——那扇门已经被这位侦探给推开了。

听到艾米这样说，文泽尔笑了笑，转过脸来，将手指凑到唇边，向我们惊慌又满面通红的女主播做出了一个"请保持安静"的手势。

"如果不想被凶手听到的话……艾米，我只是想找你借一样东西——那东西塔芙妮可没有……"

艾米的脸更红了，但这位侦探可不理会——他将已经不再说什么的女主播拉进了房间，房门也就势关上了……

似乎是刚才听到这边的异样声音，侧厅里本就不多的几位客人纷纷围拢过来——卡尔·诺纳（Karl Neuner）、我们熟悉的这位黑人探长，只好从尸体旁站起来，走到主人房间的唯一入口处，阻止那些爱看热闹的家伙进来破坏现场。

"天知道这家伙在想些什么。"卡尔看了一眼我们侦探现在所在的那个小隔间的房门，又看了一眼地上的尸体，摇了摇头。但愿是和案子有关吧……他这样想。

……

豪泽区的著名品酒师约翰·贝恩斯（John Baines）当然不仅仅擅长龙舌兰酒的鉴赏和鉴别，但那些有趣的乙醇爱好者却习惯称他为"龙舌兰大师"——这实在是因为他收藏了不下百瓶的龙舌兰酒；这值得炫耀的收藏也使得他在葡萄酒和威士忌方面的造诣黯然失色。但无论如何，约翰先生这次却是以"荣获2006年度自由意志市最佳品酒师称号"来作为举办本次酒会的理由——而那却是个以红酒为主题的奖项。因此，我们或许可以猜测——此次酒会的举办理由，对于这位"龙舌兰大师"本人而言，应该是有些不甚满意的。

可惜本市的品酒委员会未曾设立"最佳龙舌兰收藏家称号"的评选，否则，酒会主人可能会举办一次全然不同的酒会：或许会是墨西哥酒吧风格的——那样的话，主人被客人围坐在当中，一边招待着墨式烧烤，一边喝着辣口的龙舌兰酒，这次的案件也就不会发生了。

是的，正如我所说的，约翰此刻已经倒在了血泊之中——显然是那把深深没入腹部的锋利裁纸刀（作者注：这里所说的裁纸刀并非那种常见的、带有薄薄的可替换刀片的工程裁纸刀，而是经常被用来拆信的匕首形小刀，刀刃颇长又很尖锐，有时候还刻上漂亮的花纹和家族纹章——在中世纪式风格的书房中经常可以见到）结束了他的生命。虽然这已经是一个致命伤（在法医到来之前，我们也不清楚凶手到底刺了几刀——或许仅仅只有一刀；或许在剪开他的衣服之后，里面竟同时有好几个不规整的刀口，正在向外淌着尚冒热气的鲜血），但总算是比划开喉管的利刃以及洞穿太阳穴的子弹要好些——仰躺在血泊中的约翰仍然能在凶手走后（那时候他肯定已经没有喊叫的力气了，但他估计也明白自己是必死无疑了），在彻底失去意识前的那短短时间里，用左手食指蘸上自己的血液，在大腿边写下了"SOLL"这个奇怪扭曲的单词。

"我们当然不知道他为什么会这么做。"卡尔检查了约翰的颈动脉，然后对文泽尔摇了摇头，"他或许已经没有力气去写下凶手的全名了——可能是首字母，可能是暗示，也可能是遗言或者其他什么……"

"一个死亡讯息。"我们的侦探说道，"但或许……"

我们的侦探不说话了——他似乎是在尸体身上发现了些什么。

"或许什么？"卡尔有些奇怪地将目光投向文泽尔——文泽尔这时却正看着艾米，准确点说，专注地看着她的脸。

这位或许是第一个发现尸体的无辜女士被侦探古怪的目光看得有些不自在。

"噢……没事的，我已经好些了。"

她将这目光解释为朋友对她的关心——毕竟，看到被人谋杀的尸体，并不是一件值得开心的事情。

文泽尔这时已经不再去看艾米的脸，艾米刚刚所说的宽慰话语，他似乎也完全没有听进去——这位侦探向着艾米大步走了过去，却还同时转头对卡尔说道：

"现在千万不要让任何人进来，我的朋友！"他略显神秘地笑了笑，"否则，我们便无法利用这个绝好的机会了。"

他拉住了艾米的手……

第 2 节　邀　请

"七月二日，免费的鸡尾酒会。这是艾米送的。"塔芙妮将两张精致的邀请函放在桌面上，"如果你愿意再一次被摩吉托给灌醉的话……我们可以一起去。"这位侦探助手对她的老板微笑道。

"哦？酒会主人是谁？"文泽尔放下手中的《自由意志报》，"我比较在意的是，这个酒会所请到的调酒师能不能调出一杯正宗的古巴风味——新鲜的薄荷叶、大小适当的碎冰，还有货真价实的白朗姆酒：如果酒的味道寡淡，我倒宁愿在家里消磨掉这个难得的周末。"

"这恰巧是调酒师安排的酒会。"塔芙妮将两张邀请函拿回来，放在手上看了看，"约翰·贝恩斯——如果你在哪个酒吧听说过这个人的话。我猜，他应该比 Evian 的调酒师更专业些。"

经过助手的提醒，我们的侦探重又拿起那份当天的《自由意志报》，向前翻到第十一版，然后，指着那版上一则看上去相当醒目的配图新闻对塔芙妮说道：

"'约翰·贝恩斯荣获 2006 年度自由意志市最佳品酒师称号'，是这个人吗？"

"有名有姓——如果叫这个名字的调酒师很多的话……"这位侦探助手笑了笑，似乎是思考了片刻，看上去颇有些遗憾地说道,"看起来,你似乎并没有什么兴趣呢!唉……我还是邀汉迪克一道去参加这个酒会算了——艾米可没有特意邀请你。"她伸手去拿电话话筒,好像是要马上给汉迪克打电话似的。

我们的侦探先生听到这话,一下子就从扶手椅上站了起来,用最快的速度将电话话筒给按住了。

"还是让我陪你去吧……"文泽尔似乎是有些不好意思地说,"你知道,我们的老朋友一向都只对葡萄酒感兴趣的——这样的酒会并不适合他……"

"可他们也提供很好的红酒。"塔芙妮装作有些为难地说道,"听艾米说——他的这位朋友藏有几瓶十分难得的、Ch.Latour产的顶级酒;你知道,梅铎克最顶级的酒庄、最好的年份,再加上一流的收藏条件……"塔芙妮说着,手向着电话的方向动了动,好像又要去拿话筒。

"好吧好吧……"文泽尔耸了耸肩膀,重新坐回到自己的位置上,放弃了对电话的控制权,"我亲爱的塔芙妮——如果你愿意让我陪你去参加这个酒会的话,我可以额外给你放一整天假,让你为这个周末的活动做好准备……你知道的——反正明天就是星期五了,也没什么太要紧的案子……"

"这算是贿赂吗?"塔芙妮得意地笑了笑,"不过,临时的假期最好是从现在开始……"她故意抬起手来,看了一眼自己的指甲,"我已经有很长一段时间没有搽指甲油了——看起来,似乎需要赶在今天下午去特别护理一下……你知道的,老板,这可是个相当正式的酒会呢!作为我们侦探社雇员的代表,我也确实应该好好准备一下……"

"去收拾东西吧……"我们的侦探对面前这位绝无其他人选的"雇员代表"小姐彻底妥协了,"周日那天我开车去接你……

等我电话。"

"我最最亲爱的老板,"塔芙妮将一张邀请函留在了文泽尔的桌上,"那么,周日晚上见……"

现在是星期四上午十点半,刚刚上班还没多久的塔芙妮小姐,却已经拿起了手袋和车钥匙,提前向这个繁忙的工作周说再见了。

"感谢乔舒亚(Joshua)教授!"在快要走到停车场的时候,一直忍不住微笑的塔芙妮,对着空气做了一个举杯动作,并致了这样的一句感谢词。

我们当然知道,乔舒亚教授在自由意志大学商学院任教多年——这位主讲商务谈判的可爱教授曾经给塔芙妮上过两个学期的大课……

在这意外得来的闲暇时光里,趁着塔芙妮去进行指甲护理的当儿(天知道这是不是这位FW5台忠实观众为了按时收看下午播出的某部新肥皂剧所找的巧妙借口),我们不妨让空间也随着我们的心意转移一下——现在,我们的视线移到了豪泽区:里得堡城堡下,法拉弟街的尽头,将冷山作为我们的路标,一直来到繁闹市区的边缘……此刻,我们漫步在满是林荫的新路德维希大道上——这条远离闹市的街道却拥有着本市数一数二的高昂地价:这不单是因为沿着这条街道所能看到的绝佳风景,以及冷山和古堡的庇护;最主要的——此处是本市那帮有着古典维多利亚式庄园意识的新兴贵族的聚居地,是一块对权力和财富有着强大吸引力的昂贵磁铁。

聪明的房地产商们花了十数年的时间来经营这片曾经的荒地,他们请来世界级的建筑精英,不惜血本地将此处变为豪华新哥特式建筑的展会——他们从政府手中低价竞标来大片的土地,将它们规划成合适的大小，然后让建筑师们拿起他们的积木，用中世纪的精神随意搭建。

仅做这些当然不够——有了皇宫，就自然需要王国和国王。

于是，他们开始动用起自己的外交手腕，拉拢各类媒体对这块地方进行宣传。他们当然不会笨到仅仅去打出"豪华别墅出售"的广告——这些善于炒作的房地产商，邀请了一流的建筑评论家，塞满了他们的荷包，让他们异口同声地称赞这片建筑。

"无疑是自文艺复兴以来最伟大的贵族建筑群。"

"让英国佬汗颜的新哥特创新和经典设计。"

"约翰·范布勒爵士[①]的巴洛克式坟墓。"

……

这一系列大规模的举动让"新路德维希大道"这条富有贵族气息的全新街名逐渐变得闻名遐迩——虽然它的原名并非"路德维希大道"，而是毫不起眼的，甚至是有些俗气的"山林小径"，但现在谁还在意这些呢？

偷笑的房地产商们顺理成章地办起了开放式展览以及隆重华丽的售房仪式——当然是前所未有的成功！二十五套皇宫很快就被抢购一空，除了收回投资之外，这些精明的投机人士自然也毫无悬念地大赚了一票……

好了，这些背景介绍不过是些题外话。现在，我们终于来到新路德维希大道17号——各式各样的有钱人在这里买下一套宫殿，理由可能并非为了居住，而是为了满足他们的社交需要。但我们却不能称此处为"约翰·贝恩斯大公的别苑"：这位举世知名的明星品酒师之所以买下这座占地面积几乎赶得上大半个安联

[①]约翰·范布勒爵士（Sir John Vanbrugh），是英国十七世纪末十八世纪初最负盛名的巴洛克建筑师和剧作家，其建筑代表作是布蓝赫姆宫（Blenheim Palace）。

球场大小的别墅，就是为了在满足社交需要的同时，也能够用来居住——这当然意味着它足够大。

别墅的主体建筑，从正上方俯瞰下来，不去留意用彩色瓷砖精心铺就的花园道和别墅车库的话，则刚好构成一个粗壮的"人"字形——"人"字的起笔处是主人的休息室，顺笔下来分别是侧厅、大厅、几个独立的客用房间和厨房。第二笔的起笔位置是大厅：独具匠心的建筑师刻意将大厅设计成直角梯形状，让这整座宫殿平添了空间上的视觉美感和层次感。笔触依次经过塔楼与露台之下的接待厅和门厅，一直来到别墅的大门口。

不要搞错，别墅主人平时可不住在那大到足以举行一场小规模马术比赛的大厅里——从空中往正门左边看去：车库的后面，还有一栋不太起眼的两联式建筑——正如弗森（Fussen）的斯旺高（Schwangau）城堡和著名的新天鹅堡遥遥相对一般。这同样是新哥特式的三层建筑，较大的一侧供主人使用，其余部分则是别墅相关人员的居所。

但约翰也并不是除了酒会就不到他那人字形的宫殿中去——我们当然还记得约翰·贝恩斯大公的另一个封号："龙舌兰大师"。而他博得这封号的收藏、那上百瓶的龙舌兰酒就存放在主人休息室的酒柜里。

不用理会花园那边的后门（尽管我们已经可以从那扇铁门上华丽装饰花纹的缝隙里窥探到主人花园的一角），继续向前走个七八分钟，在法国梧桐的巨大树荫下，一路经过别墅园丁们精心修剪护理的灌木高墙，一道气派豪华的大门意外地展现在我们眼前。也不用去理会那些别墅保安——记住，我们现在是以宾客的身份来参观，正如前些天里在这里虚伪寒暄的那帮社会名流一般：虽然那尊金质郁金香杯是在本周三才正式握在约翰的手中，但其实早在上个周末，他们就已经开始在这里庆祝了……至于七月二日的"第一次庆祝酒会"不用说也知道，是在精心的交际手段下巧妙设计出的漂亮装饰而已。

门卫在通传之后，将大门的门闸拉起，训练有素的管家先生引领着我们的脚步——走在刚进门的车道上时，我们就已经能够看见这座辉煌的宫殿了。虽然别墅只有一层，但却拥有着堪称壮观的整体高度——坡度几乎达到七十度的哥特式屋顶对此做出了绝对的贡献。从左侧的塔楼向右望去：梯形大厅所构建出的错位感，建筑整体不对称的美感，将近三米高的落地窗，蓝黑色屋顶、米黄色墙壁和纯白色石砌雨道的搭配……处处都让人不得不去佩服设计者的天才（我并非有意忽略那架设在大厅和侧厅外的、华丽时尚的室外灯饰群——只是因为它们是最近才完工的，并非属于原建筑者的成就）。

单薄的描述未免有些无力，那么，我们不妨用现成的例子来想象——

眼前就是按照现代新哥特思想改建之后的枫丹白露宫[①]！

现在，我们应该就能够知道，这栋别墅是有多么的气派和堂皇了。

我知道，您肯定还想继续这次的别墅参观之旅，但请允许我擅作主张地将空间移回到侦探社的两位受邀者身上——室内参观的部分，还是由我们的主角来完成比较妥当（笑）。

好的，现在是周日晚上七时。好不容易解决了衣服搭配的问题之后，塔芙妮正坐在卧室的梳妆镜前，给自己精心地化妆。

[①]枫丹白露宫（Schloss Fontainebleau），法国枫丹白露市的名胜之一。其意式风格归功于意大利名工罗素·佛伦提诺（Rosso Fiorentino）等人——整体上则由于多次改建而呈现法意风格的杂糅。

文泽尔无可奈何地站在门外，时不时地看看手表。

天渐渐黑了下来。

酒会已经开始……

第3节　在酒会上

"我若知道您要来，便一定会将这酒会的规模扩大十倍！整整十倍！！"

文泽尔刚刚报上姓名，约翰·贝恩斯，这位今天酒会的主人便立即激动万分地握住了他的手——就好像是已经认识多年的老朋友一样。

"我经常在报纸上读到关于您的报道——'自由意志市没有文泽尔破不了的案子'，这样的说法可绝不夸张！"他这样说，带着满脸诚恳认真的神情。

听到如此正式的奉承话，就连我们的侦探也不禁略显得意地笑了笑——为了不让主人因此而误会自己过于骄傲，他赶忙摆手否认这样的说法，并在接下来的话语里额外添加上了谦逊的语气：

"这样的说法绝对夸张！约翰先生，您知道，我最经常遇到的事情，就是被聪明的犯人和含酒精饮料所欺骗——祝贺您获得最佳品酒师的称号！"

他握着约翰的手，为求礼貌，也表现出和主人一样的激动——于是，两个激动的人面对着面微笑，乍一看上去，仿佛真是多年未见的好友奇迹般地重逢了一般。

塔芙妮可不理会她的老板和酒会主人之间的客套表演。草草和约翰握过手之后,她就端起一杯玛格丽塔(Margarita)[①],去和一早就来到酒会大厅的艾米聊天去了。

还好这初次见面时的夸张寒暄并没有持续多长时间。女士离开之后,侦探和酒会主人的聊天内容也开始变得正常起来。

"……文泽尔先生,请原谅我一直以来的误解——但我还以为您是一个滴酒不沾的苦修士呢!那么,能否让我这个勉勉强强算得上内行的人知道,您平时都喜欢喝些什么样的酒呢?"

"没有什么特别的讲究,"文泽尔从取酒台上拿起一杯摩吉托(Mojito)[②],"鸡尾酒的话,这个就是我的最爱。"

"哈,摩吉托!"酒会主人会意地笑了笑,"毫无疑问的好选择——这是对白朗姆酒辛辣味道的最好调和了。"约翰似乎是思考了片刻,竟将侦探手上那杯还没沾口的摩吉托拿了过来,自顾自地尝了一小口。回味片刻之后,抿了抿嘴,颇为不满地将那个杯子放到一旁。

"尼古拉斯(Nicholas)的调酒水平实在是令人不敢恭维……看看,这杯平淡无奇的东西完全不适合用来招待您——您可是我的贵宾!"

"应该也不会太糟的……"听到约翰这样的抱怨,文泽尔有些尴尬地小声嘀咕道——他虽然未曾喝过一口,但从薄荷叶、碎冰和橄榄枝的处理来看,这杯酒似乎也会有不错的表现。

没酒可喝的贵宾,他可不愿意接受。

酒会主人却笑了,同时摆出"请随我走"的手势。

[①] 玛格丽塔(Margarita),一种最常见的南美鸡尾酒,以特奎拉为基酒。其特征是顺着杯沿故意沾上一圈盐粒,喝起来别有风味。
[②] 摩吉托(Mojito),这种在 *Erinyes* 末尾的对话中也曾作为重要配角出现过的著名朗姆基鸡尾酒,是1910年到1920年之间由古巴人所"发明"的。具体的调制方式,在下一节中会有详细的介绍。

"如果我们的侦探先生愿意稍待片刻的话,我倒可以为您调出一杯这世上绝对独一无二的奇妙摩吉托来!"约翰自信满满地许诺道,"这可是真正的贵宾才配享有的待遇呢——我可好久都没使用过我的私人吧台了……"他对我们的侦探眨了眨眼。

一个如此难得的邀请!

我们的侦探正考虑着应该如何礼貌作答。这时,却有一个瘦瘦的年轻人,脚步极快地从文泽尔的背后斜插上来。他好像是故意歪了一下身子,重重地撞了这位侦探一下。文泽尔完全没有防备,跟跄了一下,差点儿将取酒台给撞倒。

"西尔斯(Seals)!"约翰狠狠地将那家伙从文泽尔身旁拉过来,"你这家伙又想要做什么了?"

那个年轻人却并不理会酒会主人的责问,任他拽着自己的衣服——近处的几位客人见状也围拢了过来,想知道这边究竟发生了什么事情。

"你这回非得道歉不可!"约翰将那人的衣服拽得更用力了些,"我知道是这样的,我早知道是这样的……今天真就不该邀请你来!"

"没什么的……他可能只是不小心。"文泽尔整了整自己的衣领,向酒会的主人摆了摆手。

"您不知道……"

约翰的话还没说完,那年轻人突然将酒会主人的手推开,什么话也没说,转身就走了。

几位客人似乎是要去拦住他,约翰却颇有些无奈地按住了最前面那位客人的肩膀。

"由他去吧……"他对那位客人说,"也没什么大不了的。"

然后,他满脸歉意地对我们的侦探说道:

"实在是非常抱歉——您知道的,很明显,他应该是喝多了……"

"没事。"文泽尔笑了笑——他现在恰好想到了合适又礼貌的答辞:

"现在,我可以荣幸地随您前往您的私人吧台了吗——品尝我们这城市里最优秀的品酒师所调出的摩吉托,是我万分愿意的一件美事。"

"当然!"约翰恢复了他的笑容,拍了拍这位侦探的肩膀,"请这边走……"

第4节　摩吉托

"我猜，您喝摩吉托的时候一定不喜欢用吸管……"约翰从他那漂亮的吧台下面找出一只研杵，然后转身，从身后的墙柜上取下一只厚底玻璃杯，"那样的喝法太过女性化了。"

他走到门边的小冰箱那里，取出两只上好的青柠檬［也即莱姆（Lime），一种汁液丰富的柠檬品种，在调酒中常常用到］、一小瓶糖浆和一打冰块。

"但太男士的喝法又经常会被那些可爱的薄荷叶给弄得哭笑不得……"他一边说着，一边将这些东西全放到吧台的工作面上。接着，他又从吧台下面拿出一只冰桶，稍微冲洗一下之后，就将那些大块大块的整冰抖落在里面，并用一柄小巧的碎冰器将它们打碎。

"是啊，没错……"我们的侦探含糊应答着，同时观察起这个房间来。

这是个中等大小的房间，大约有四十平方米。正对门的地方开着一扇很大的落地窗，窗外是别墅主人的花园——白天从这里望出去的话，应该能够看到很好的风景。可惜现在是晚上，因为明亮房间里窗玻璃的反光，外面的情景一点都看不到，不过，如果现在就将窗户打开的话，天毕竟还没有黑透，可能还是能看到几株被夜色染黑的高大法国梧桐的。

这些法国梧桐是出现在假设中的,它们可能并不存在——我们的侦探在开车过来的时候,一路上看到了很多的法国梧桐。因此,在这扇落地窗背后,即使看不见,在想象中也出现了熟悉的法国梧桐的影子[①]……

还好,我们的侦探并没有因为这样微不足道的小事而好奇到要去开窗看看的程度——他的视线很快就被主人房间里的另一样独特陈设所吸引了。

落地窗旁有一个颇为显眼的红木酒柜。酒柜不高,但却很大:边角和支撑的部分巧妙地弯曲成流线般的弧度,并且恰到好处地刻上精致又高贵的花纹。玻璃橱窗的拉门使用了昂贵的石英玻璃,玻璃的表面浅浅地蚀刻上复杂精妙的磨砂纹路,并且通过构思奇特又精确的边缘衔接来和酒柜上的花纹相配合。

拉门的把手用红木手工雕刻而成,并刻意设计成不对称的形状。最令人赞赏的是其固定方式:把手上的一部分红木被工匠以枝杈状的形式嵌进了周围的石英玻璃里……玻璃和红木紧密相连,中间不留一丝缝隙,也找不到任何胶着的痕迹——就好像红木长进了玻璃中一样。

整个玻璃橱窗的内部被一块厚实的红木隔板分作了上下两层:每一层里都陈列着数不清的各式龙舌兰酒。

此外,酒柜上面也杂乱地放着十数瓶酒。有些酒的瓶颈上还系着考究的缎带,有些甚至额外附上了别致的、写着这样那样祝词的小卡片——毫无疑问,这些应该是客人们刚刚送的礼品酒。

"因此,最好的喝摩吉托的方式,就是抿——一小口接一小

[①] 实际上,这段看似无关紧要的话语,细心的读者应该会发现——是对之后某些重要情节的影射式概括(笑)。

口,您知道的,"约翰从吧台上的一株袖珍薄荷树上小心地摘下了几片最新鲜的叶子,"这也是最古巴式的喝法了……"

这时,酒会主人走进了正对着吧台方向的一个隔间里——那应该是一个小杂物间,他很快就出来了,手里拿着一只银质的长匙。

"这个当然是搅拌用的。"他笑着对眼前的侦探解释道,"这样,除了酒之外,我们的道具算是齐全了。"

然后,他走到窗边的大酒柜那儿,打量着那堆礼品酒——似乎是打算从这些赠品中找出一瓶可以用在摩吉托上的白朗姆酒,或者,准确点说——从他那很有把握的神情中就可以看出来,他已经确定这堆酒中就有一瓶这样的白朗姆,他要做的,不过是将它从酒堆中挑择出来而已。

"我记得尤尔(Ewer)送了我一瓶上好的'哈瓦那俱乐部(Havana Club)',是哪一瓶呢?"他在这些各式各样的酒瓶中翻找着,时不时发出一两声赞叹。

"哈!海因纳(Hyner)送的这瓶波本(Bourbon)可真不错!顶级的'FOUR ROSES',一种著名的波本威士忌品牌,四朵成斜正方形排列的红色玫瑰是其商标,瞧这漂亮的颜色——这在自由意志市可是难得一见呢……我的天!普雷斯曼(Presman)的雷司令(Riesling)是来自朱利亚医院庄园,您知道,那是德国最好的庄园之一。看看这个:别致又精致的墨绿色弗兰肯传统扁瓶,每一次遇到它都令我激动不已。还有克卢……嘿,这三位在礼品的选择上可确实是费了一番心思呢。"

他说着,同时拿起那瓶"FOUR ROSES"选择了一个合适的角度,让明亮的灯光透过它。随着樽内美酒的流动,在光线的映照之下,那些诱惑的液体勾勒出变幻多姿的奇妙曲线。

"您看看，我最亲近的朋友都知道我的脾气——我讨厌烦琐的包装：多余的精工木盒和一层层的包装纸，完全没有必要，简直是浪费资源！"他将手中的酒放下，对这位侦探解释道，"但是，缎带和卡片则代表了朋友的心意，又不影响我欣赏这些艺术品：这样的简易包装就是恰到好处的。"

他又拿起一瓶酒——这时，酒会的主人刚好背对着这位侦探先生，因此侦探没看见他拿起的到底是哪一瓶酒。约翰拿着那瓶酒，似乎是在看上面的卡片内容。

"'谨献给尊敬的约翰·贝恩斯先生'……哼！固执的人竟也会说出那样的话语——"他将那瓶酒放下，转身对文泽尔抱怨道，"我也不得不邀请一些我并不喜欢的人。不过，决心要摆脱掉一些令人讨厌的关系，终究还是比较容易的……"

对于这段语焉不详的抱怨，我们的侦探本打算追问两句的，但却始终觉得打听别人的私事不太礼貌。加上约翰很快又转过身去，继续欣赏起他的礼物来——当他再次开口说话时，就已经十分兴奋地将话题放在哈林上尉所送的白兰地上了。

因此，我们的侦探始终也无法得知他是在对哪瓶酒和哪个"固执的人"表示不满——还好，这点疑惑对于等待上好摩吉托时的喜悦而言，根本算不得什么。

……

酒会的主人几乎将这些酒全看了一遍，然后才十分小心地从里面挑择出一瓶来：

"就是这瓶！我亲爱的侦探先生，就是这瓶！"他兴奋地将那瓶"哈瓦那俱乐部"高高举起，"十五年的陈年特级陈酿[①]！

[①]标记为西班牙语 Añejo Gran Reserva——"哈瓦那俱乐部"中最昂贵的顶级产品，在欧洲市场上十分少见。

我们这次不用白朗姆了，尝试一下金色的尊贵——相信我，这可是蒸馏酒中的极致享受！"

约翰将这瓶酒放在工作面上，开始用一柄不知是从哪里找到的锐利裁纸刀切起青柠檬来。每切一只，就有大量的汁液被挤到那只厚底杯中，与此同时，一个两个被榨干的切半柠檬也被这位临时酒保扔进一旁的小垃圾桶里——他使用一个最常见的塑料榨汁器来制作莱姆汁，青柠檬被挤榨的声音在这个还算安静的房间里显得格外刺耳。

"吝啬的酒保们往往喜欢用成打的青柠檬来制作莱姆汁——似乎这样可以省酒，"他将一小匙糖浆和足够的苏打水混在一起，搅拌均匀之后，也倒入玻璃杯中，"天知道那种廉价的巴卡迪（Barcadi）有什么好省的，而且那样调出来的还是完全不同的味道……"

他又转身，从墙柜里取出一只棕色的小塑胶瓶，拧下瓶盖，小心翼翼地挤了两三滴浓稠的液体到酒杯里。

"这可是兑出'正宗古巴风味'的秘诀——原装的安果斯杜拉苦味剂（Angostura Bitter），少了它甚至不能被称作古巴摩吉托！"约翰得意地说，拿过刚刚那瓶"哈瓦那俱乐部"旋开瓶盖，立即就将瓶口凑到鼻下，享受着在这开瓶瞬间散发出来的奇妙香气。

"这就是极品！"他感叹道，"不多不少——我们要四十毫升。"

不需要借助任何度量工具，约翰将绝对适量的酒倒入了杯中——"顶级的品酒师也是顶级的调酒师"，我们的侦探现在完全相信这句话了。

约翰用研杵将那些才摘下的薄荷叶稍微挤压过，也加入杯中。

"千万不能用胡椒薄荷!那些里面的薄荷脑含量太大,完全不适合用在摩吉托上……"这位临时酒保很认真地解释道,"海明威薄荷(Hemmingway-Minze)自然是首选……"他想了想,接着说道,"您也看到,也不必完全按照古巴人的做法——那样就有些太刻板了:作为一名合格的调酒师,无论在何时何地都应该适当发挥自己的创意……"

他最后将足量的碎冰加在薄荷的绿色之上。眼看着酒杯有差不多八成满了,他便立即将冰桶放到一旁,拿起那支银质的长匙,开始由上至下均匀地搅拌,同时还加入少许的苏打水,直到气泡的感觉让他满意。

最后,他又用裁纸刀切下一小截海明威薄荷枝作为装饰,将那杯新鲜调好的摩吉托递给了我们的侦探:

"快尝尝吧!"他抹了抹额头的汗,"您知道,碎冰的大小对口味的影响也很大……"

我们的侦探向酒会的主人道了谢,愉快地喝了一小口那杯称得上是顶级的摩吉托。

我的朋友们,我得说:幸运的是,我们也不需要亲自去尝上一口了——只需看看这位侦探此刻脸上的表情,便可知道这杯酒的味道,实在是好得不行了。

"您真是一位天才!"文泽尔由衷地赞赏道,"这绝对是独一无二的口味……比我曾经喝过的所有摩吉托的味道都好!"这句话当然并不客套。

"您太客气了。"酒会的主人走到酒柜旁,轻轻拉上了这房间里的窗帘,"酒总是会带来些融洽气氛的,我亲爱的侦探先生……"他用颇为奇怪的暧昧语调说道。

可惜这融洽气氛瞬间就被打破了——房间的门突然被推开,

一个中年男人急匆匆地闯了进来。看到我们正在尝酒的侦探，似乎有些犹豫，但却还是开口对酒会的主人说道：

"那件事……我还是必须和你谈一谈。"

他又看了一眼文泽尔——我们的侦探当然知道，这里他不能再待下去了。

"实在是谢谢您的酒！"文泽尔对约翰欠了欠身，"我还是先出去了——方便的话，等会儿再聊。"

"真是不好意思……您实在是太客气了。"别墅的主人对我们的侦探点了点头，看上去颇有些惋惜之意。

文泽尔向酒会的主人举了举杯，礼貌地离开了这个房间。

第5节　赫塞尔夫妇

"这是什么样的事！你倒说说看——这些究竟都是怎么一回事儿？"一个穿着体面的男士正对他身旁的那位女士抱怨着。女士一言不发，脸上也没有什么表情，只是听着他说话，手中拿着一杯自由古巴[①]。

我们的侦探从主人房间里出来，拿着那杯约翰特制的摩吉托，正碰到这两位——他们也看见他从这房间里出来，因此似乎必须要打个招呼了。

"嘿，我认识你！你是那个有名的侦探……"那位男士高兴地告诉他身边的那位女士，早忘了刚刚那不知缘何而来的抱怨，"侦探文泽尔——这可是本市响当当的名字之一。"

我们的侦探显然对这些接踵而来的恭维话语不太感冒——还好对方相当迅速地转移了话题。

"你从那个房间里出来……"对方的表情忽然就变得有些惊讶了，"看看你手上拿的这杯酒——约翰·贝恩斯那家伙肯定也在那房里，不是吗？"

[①] 自由古巴（Cuba Libre），此为西班牙语。常见的一种朗姆基鸡尾酒——喝自由古巴很不容易醉。因此，为了应酬又不想醉倒的女士们都乐于选择这种有着可乐和柠檬味道的清香酒品。

很奇怪他不给这个名字加上"先生"反而用"那家伙"来代替。

"怎么会有如此不礼貌的客人?"文泽尔在心里这样想。他或许是喝醉了……也或许,这就是他的本来脾气——天知道这别墅的主人在什么地方得罪了他……

没等这位侦探回答些什么,这体面的先生就自顾自地接着说了下去,带着谁都看得出来的厌恶表情:

"啧啧……看看这杯不地道的饮品——文泽尔先生,如果我没猜错的话,他是用糖浆来代替圣地亚哥①产白糖的,不是吗?"

"噢,没错……"文泽尔仔细地看了看自己手中的那杯摩吉托——他完全无法用肉眼辨别出使用糖浆和使用砂糖的区别:看来,眼前的这位应该也是行家。

"别奇怪我是怎么看出来的!"他对眼前侦探那十分明显的观察行为表示不满,"如此草率的调和,我甚至都不想再去看第二眼。"他转头对身旁那位女士抱怨道:"可惜了,真可惜了……浪费了那么好的一瓶'哈瓦那俱乐部'呢……"

那位女士什么都没说,只是点了点头,抿了一口手上的那杯自由古巴——看起来,她似乎在酒精摄取方面表现得相当节制。

"哈!你知道那家伙请这杯酒的用意吗?"这位男士轻蔑地瞟了一眼那杯被他贬低到一钱不值的摩吉托,以嘲笑般的口吻对我们的侦探说道:

"那个老玻璃……"

但他没机会说完了,身旁的女士用手肘重重地捅了他一下,使得他不自觉地轻呼了一声。然后,他回头看着那位女士,十分

---

①这里当然是指古巴的圣地亚哥,而非智利的——因为西班牙征服者们在殖民地的极端型发展策略,古巴的制糖业十分发达。

恼怒地想要说些什么,但女士却并不给他任何机会。

"我的侦探先生。"她十分得体地说道,"请原谅我丈夫粗鲁的言行——他有些醉了……他经常都是这样。"

那位穿着体面的先生听到这话,故意轻笑了一声,似乎是不打算再多说些什么了。

"请容许我自我介绍,我的名字是埃玛·赫塞尔(Emma·Hessel)——而这位是我的丈夫路修斯(Lucius)。"

她微笑着将她的丈夫拉过来些——路修斯先生又看了我一眼,有些不好意思地对我点了点头。

"我一提到那家伙就有些激动。您不知道,那个约翰·贝恩斯……"

埃玛不得不将他推到一边去了。

"时刻记住你的职业是品酒师,不是什么专栏批评家!"她这样训斥她的丈夫,"而且,专栏批评家的用语可比你妙得多了!"

"这么说,您和约翰先生是同行?"

出于交谈的礼貌,我们的侦探将那杯容易引起争议的摩吉托放到一旁,不再去喝它。

"请不要将我和他相提并论!"路修斯又开始有些激动了,"一个沽名钓誉的虚伪家伙,碰巧跻身于高尚的行业之中——这就是我对他最中肯的评价。"

"又开始了……"埃玛无可奈何地摇了摇头,"不过,这句话倒还算是稍有水准的……"这位女士吻了一下自己丈夫的脸颊,"但我已经不想再听这些无聊的话题了,"她将手中的酒放下,"我要到大厅那边去转转,或许能够听到些有趣得多的谈论。"她又亲吻了一下路修斯的脸颊,"不要老说些没有分寸的话……你的白兰地已经喝得太多了，我亲爱的。"她离开了侧厅。

"文泽尔先生，我这样说当然不会是没有来由的……"看得出来，路修斯完全没有将自己妻子刚刚的忠告给听进去。他也不管我们的侦探愿不愿意，就将他拉到侧厅左侧，一个半开着的巨大落地窗旁边。

"这个位置很好——文泽尔先生，您要明白，我绝对不是一个喜欢评论别人的讨厌家伙。我只是……想让关于这个酒会背后的诸多事实被更多的人所了解。"

半醉半醒的人所说的话多半都靠不住……我们的侦探这样想着，却依旧相当客气地回答道：

"我了解，路修斯先生，我了解……"他将落地窗开得更大些，然后挽了一把这位说话带着满嘴白兰地味道的先生，走到窗外——那里是花园的另一侧。

"吹吹风或许会好点……"文泽尔嘀咕着。

就连这样小声的自言自语也被我们的路修斯先生给听见了。

"你觉得我醉了吗？哈！"他已经彻底控制不住自己的情绪了，用响亮而夸张的声音回应着我们侦探的小声嘀咕，"就没人能够认真地听我讲讲——约翰·贝恩斯是凭着怎样的手段偷到那尊刻着'年度最佳品酒师'字样的金质郁金香杯的吗？"他的声音是如此之大，以至于侧厅里几位邻近的客人也都向这边望了过来。

"嘿！海因纳！"他立即对着一位刚刚转过头来的老人叫道，"你这个趋炎附势者！你该不会真将你的那瓶波本给了那个伪君子吧？"

海因纳似乎是摇了摇头，不再看向这边。那几个人也赶紧回头，故作认真地继续着他们之前讨论的话题，生怕被这个酒醉疯子点到名字而导致不必要的尴尬。

不过，文泽尔倒也不是拿这位半醉不醉、借酒装疯的路修斯先生没有一点办法——实际上，听了这位先生的这些抱怨，谁都知道是怎么一回事儿了。

"您说得一点没错——那只漂亮的郁金香杯本来是属于您的，路修斯·赫塞尔先生……"

我们的侦探摆出一副万分钦佩的架势，对眼前人略微弯腰行了个礼。

"那杯摩吉托实在是难喝极了！"他违心地说道，"任谁都知道那家伙的调法有多么的不地道，简直就是在贬低白朗姆的地位，啧啧，还糟蹋了一瓶好酒……"文泽尔装模作样地摇了摇头，露出满脸惋惜的表情来。

这些话显然极合路修斯先生此刻的心意，他甚至对眼前侦探的表演感到受宠若惊。

"哦……不！您不必刻意这个样子的——谁都知道，我不过是在埋怨而已。"他叹了口气，用醉酒者们特有的语调说道，"也并不是那家伙的技术不行……当然，各人有各人的方式，评委们的口味也大不相同……"他总算是给出了一句还算客观的评价。

路修斯向侧厅里看了一眼，接着说道：

"我只是特别憎恨品行不端者，您知道的——我是一个虔诚的天主教徒，传统派的……"

我们的侦探拍了拍他的肩膀，表示对他话语的理解。

"他究竟有没有贿赂评委，说实话，我实际上并不是太清楚——虽然这些传言到处都听得到……却实在也算不得什么。可想而知，不论是谁拿到那个杯子，这样的传言总归是会有一些的……"

"但您知道——"他故作神秘地小声说道，"约翰·贝恩斯可是个天生的同性恋呢！哈！这就很成问题了……"

实际上，我们的侦探早就从他口中得知了这个秘密——只不过，当时他还以为，那个在激动中所讲出的粗口词，不过是没有太多针对性的谩骂而已。

这似乎算不得什么……文泽尔在心里嘀咕了一句。为了防止眼前这位先生再次变得激动不已，他没将这句话讲出来。

同性恋在自由意志市是完全合法的，他们的婚姻甚至受到法律保护——只有保守的天主教徒们还顽固地抗议着同性恋和堕胎法令，但这些单薄的抗议从来都没有起到过什么实质性的作用。

文泽尔想起之前酒会主人对他的种种亲昵举动和暗示，只觉得有些好笑，但并没有笑出声来——他必须考虑到眼前这位天主教徒的情绪。

"您想想看！一个同性恋品酒师——谁愿意碰他鉴定的酒！一想到待会儿……我将不得不与他碰杯，喝着从同一樽酒瓶中倒出的红酒，我就感到毛骨悚然……"路修斯的身体不由自主地颤抖了一下，"我要写封正式的抗议信给本市的品酒委员会——我之前就已经决定好了：我给考特尼（Corteney）委员打过电话，让他给想想办法，但他却一直没有回复我。这次，我一定得去找克里克（Kerrick）委员长了，我要亲自登门拜访，我要用我的诚意来打动他，用确凿的证据来说服他……我要让他知道这一切都有多么荒谬——同性恋成了最佳品酒师，哈！多么荒谬……"

一个可怜的人……文泽尔在心里摇了摇头，突然有些怀念刚刚的那杯摩吉托了。他想找个借口离开，因为现在，这位先生的情绪看上去总算是好些了——毕竟，有人愿意耐心听他的酒后抱怨：虽然酒后抱怨往往是无穷无尽的……

"那个，路修斯先生……我的朋友在大厅那边等了我半天了。"这位侦探用了一个在酒会上最常见到的借口,试图中止这次谈话。

"您也听得不耐烦了吗?"路修斯显然并不喜欢顺着别人铺好的台阶走下去,"这位等待的朋友,不过是个子虚乌有的借口吧……嗬!我就知道没人愿意听我把话讲完的,但我敢以上帝的名义赌咒——同性恋的品酒师活不长久……历史也不是没有告诉过我们现成的例子……"

"嘿!文泽尔,你怎么在这儿?我找了你好久了!"

多么及时的解围!我们的侦探感激地迎了过去,和说这话的那位客人热情握手——虽然他也觉得奇怪:总局的卡尔·诺纳,这位黑人探长怎么也出现在这个酒会上了呢?

"噢……我正和路修斯先生聊天呢!你也看到……"文泽尔对卡尔挤了挤眼睛。

"好了,塔芙妮和艾米都等着你呢!快点儿过来吧。"卡尔心领神会地催促道,并对醉酒的路修斯礼貌地点了点头。

"您也看到……"文泽尔对眼前这位满腹牢骚的品酒师耸了耸肩,"不是什么借口。路修斯先生,我得过去了——有空再聊。"

这位无缘金郁金香杯的品酒师有些无可奈何地轻哼了一声:

"去吧,我的朋友,记住我的话——还有,很高兴认识您……"

文泽尔并没忘记拿上那杯还没喝完的摩吉托——他很小心,刻意用礼服的下摆遮住那只杯子,不让正从花园走进来的路修斯发现他的小动作。

"但愿他能够找个地方坐下,安静地休息一会儿……"卡尔最后看了一眼那位走起路来已经有些摇摇晃晃的、将醉未醉的路

修斯先生,回过头来:

"嘿!文泽尔,你这是在干什么?"我们的黑人探长显然对这位侦探朋友私藏杯子的行为感到惊讶和不解。

"嘘!"我们的侦探加快了他的脚步。"我正在保护一杯难得的好酒免受歧视。"他狡猾地笑了笑,"这是每一位爱酒之人都必须做的事情。"

第6节 老朋友

"我也是拿着邀请函进来的……我在签名簿上签下了我的名字,并且送上我精心准备的礼品。"卡尔拿起一杯皇家基尔(Kir Royal)[①],"这很奇怪吗?"

"奇怪的是你受邀的身份。"文泽尔呷了一口冰已经快化光的摩吉托,"这酒已经没有刚刚那么好喝了——实在可惜。"他叹了口气。

"谁规定在职探长不能是品酒委员会的成员的?我甚至是今年酒赛的初赛评委之一——你难道没看过报纸吗?"卡尔对他这位侦探朋友的质疑感到相当不满。

"我尊敬的品酒师朋友……你的名字还是出现在'对案件破获有着杰出贡献者'的名单中比较妥当。"我们的侦探别有用意地笑了笑,"我对在一大堆名字中找寻一两个熟悉的名字向来不感兴趣。"

"随你怎么说吧。"卡尔抿了一口皇家基尔,咂了咂嘴,"若不是我将你从那个爱抱怨的路修斯那里救出来……哼,等到他说

[①]皇家基尔(Kir Royal),用香槟取代普通基尔中的白葡萄酒来与Crème de Cassis混合,即被称为"皇家基尔"。基尔酒得名于东法国Dijon市的一位同名市长,他将这种独特的混合酒命名为"Blanc-Cassis"并在市政厅里大力推广。

完了,你的那杯摩吉托只怕都变成一整块的漂亮化石了——陈年朗姆的琥珀、薄荷叶状的玛瑙……哈,你真该去体会一下点石成金者们的痛苦。"

"那么,向拯救我的好友致意!也为我不幸失去的大块琥珀和玛瑙……"文泽尔微笑着举杯,"这么说来,路修斯在你们的圈子里还是很有名气的?"

"和他夫人一样名声在外!"他用眼神指向大厅的一角——那里,塔芙妮和艾米,正饶有兴致地听着某位女士的高谈阔论:那当然就是埃玛·赫塞尔,路修斯先生前往大厅寻找"有趣得多的谈论"的妻子。

"女人们总是能够制造出一种奇妙的氛围——即使她们反复倾听和讨论一些同样的话题,也不会感到一丁点儿的无聊和乏味……"我们的侦探对此这样评价,"特别是时装、化妆品和绯闻——她们对这几个名词有着职业新闻记者一般的敏感。"

"还是天生的。"卡尔笑着补充道。

"不过,我倒也听到了一些有意思的传闻。"我们的黑人探长小声地对这位侦探朋友说,"据说有人将在这个酒会上对约翰·贝恩斯不利。前段时间他陆续收到过几封带有恐吓性质的打印信件……"

"你可不要说这才是你到这里来的真正目的!"他看了一眼卡尔手上的那杯皇家基尔,"那显然只是个冠冕堂皇的借口。"

"我当然不会这样说!实际上,这些恐吓信的来源已经查到了——甚至都没有报警,他们自己找到的。"卡尔又抿了一口皇家基尔,"香槟比红酒好,你觉得呢?"

"哦?那些信究竟是谁投递的?"文泽尔对卡尔的恐吓信话题产生了兴趣。

"这故事可有些传奇性!"卡尔得意地说,"收到几次信之后,约翰命令一个别墅保安埋伏在大门的信箱那里。结果,第一次还是让那人给逃脱了,那个保安跑得太慢,甚至连犯人长什么样子都没有看到。"

"大家都觉得那人不敢再来递信了。但约翰依旧让一个保安守在信箱那里——这次自然换了一个跑得足够快的。"卡尔顽皮地笑了笑,"结果,他们逮住了他:一个邮差,背包里塞满了同样的恐吓信。"

"这可不算是什么传奇。"我们的侦探喝了一口摩吉托,"相反,这情节可够老套了……"

"这当然不算是什么传奇——值得注意的是这位邮差的身份:他是别墅主人情人的哥哥……"

我们的黑人探长当然知道要将最精彩的部分留在故事的结尾部分。

"而且,主人、情人、哥哥……这三位关键角色都是男人!因此大家给这个传闻取了个名字,叫它'三个火枪手的故事'。"

文泽尔依旧表现得不太惊奇,这令我们的黑人探长稍微有些失望。

"这难道不是一个有趣的故事吗?"

"如果我是先遇到你再遇到路修斯先生的话:是的。"文泽尔说道,"但可惜,最后的悬念我已经提前得知了——因此这传奇故事也就沦落为一个过时的冷笑话了。"

"那个多嘴的路修斯……算了,反正,最后也没发生什么事情。不过,你应该猜不到那位邮差投这些信的原因……"

"他一定是个虔诚的天主教徒……"

现在轮到我们的黑人探长惊奇了:

"这也是路修斯说的吗?"

"不是,是我猜的。"文泽尔小心挑出酒杯沿上粘着的一片薄荷叶,"看来,我猜对了。"

"他极端反对自己的弟弟和约翰来往,却找不到什么好办法来阻止他们,最后想到用匿名信的方式——他在信中威胁说,如果他们还继续交往下去,他将'在一个重要的日子杀了他们俩'。"

"你觉得那日子就是今天?"

"哪天也都无所谓了——保安将他带到别墅主人那里,他们好好聊了聊,然后就什么事都没有了。"

"天主教徒都这么好说话吗?"

"岂止如此!他今天甚至都来参加酒会了——据说约翰特意邀请了他,派人专程将他接过来的。'化干戈为玉帛':这可是最好的结局!"

"他的这位情人也来了吗?"

"当然,我刚刚还看到了他。"卡尔说道,"为了掩人耳目,似乎还带了一个女朋友。但大家心照不宣——这可真够讽刺的!"

"卡尔,你知道吗?"文泽尔拍了拍这位老朋友的肩膀,"我是现在才发现,你也天生具有职业新闻记者一般的敏感……而且,甚至比她们还有过之而无不及。"这位侦探示意了一下那三位情绪高涨的女士,现在是艾米在发言。

"酒精作用而已。"卡尔尴尬地笑了笑,"否则,在这种高级酒会上应该谈些什么?又不是局子里的聚会——如果你想找我聊案子的话,我们干脆喝完这杯就回去:总局这段时间的有趣案子不少,我们甚至可以聊上一整晚……"①

---

①如果可能的话,我很想让卡尔的这个提议成为现实(苦笑)。

第7节 艾米的要求

"不必这样的,艾米,我已经和酒会的主人见过面了——他甚至还请我喝了一杯摩吉托呢!"我们的侦探将手中的酒杯举起,向这位热情的女主播示意。

"这可不行!"艾米拿过那杯差不多喝完的摩吉托,将它放在一旁——塔芙妮笑着,埃玛则有些不耐烦地将双手交叉放在胸前;她显然对这两位男士的出现感到不满——她们不得不因此而暂时中断话题。

"如果你不来倒也还好!"艾米有些生气地说,"但现在你必须跟我走一趟——至少,我也得向约翰强调:你们是我邀请来的!你看看,你们刚才在大厅和主人打招呼时,我可就在旁边呢!"艾米转头对塔芙妮埋怨道:"塔芙妮——你应该叫我一声的!而不是拿起一杯酒就过来找我……"

"好的,好的……我亲爱的主播小姐。"塔芙妮笑得直不起腰来,"谁让我那么急着跟你聊天呢……"然后,她转头对文泽尔说道:"老板……你就陪艾米去一下,好吗?"

"你也过去吗?"这位侦探反问道。

"不了不了……"塔芙妮赶紧摇摇头,"我还是留在这里陪埃玛小姐聊天算了——我们的话题正进行到最精彩的时候……"

"我们等会儿就过去。"埃玛女士看了看手表,"快到致酒的时间了……"

艾米则对她的下午茶密友努了努嘴道:

"你这个狡猾的家伙!"

文泽尔则转身问卡尔:

"你也留在这里吗?"

"不了,我跟你们一起过去。"卡尔立即回答道,"我对女士们的精彩话题一向反应迟钝……"

"好的,那我们……"

艾米的话还没说完,一个瘦瘦的年轻人从侧厅那边快步走了过来——幸好埃玛拉了她一把,否则,我们这位身材纤瘦的女主播几乎都要被这个冒失鬼给撞倒了。

"喂!你到底是怎么回事?"卡尔对那人喊着。那个年轻人仿佛没听见似的,脚步不停,向着大厅的左下角走去。[①]

"那个是西尔斯。"埃玛放开艾米,艾米向她说了声"谢谢"。

"没什么……"埃玛·赫塞尔拿起自己新取的那杯自由古巴,喝了一小口。

"不就是约翰先生的那个……情人吗?"卡尔略感惊奇地问道,"我还以为我刚刚见过他……"他转头尴尬地对文泽尔笑笑。"看来,我认错人了。"

"看起来,您也听过那些个传闻呢。"埃玛莫名其妙地笑了笑,"太多人知道的就不是传闻了——他可能是喝多了吧,赶着要去洗手间……"路修斯先生的夫人摸了摸自己的面颊,摆出一副所知颇多的样子,"最新的传闻恐怕是——他被他的老情人给

[①] 这个"左下角"及后文中反复提到的"大厅左下角"指的是大厅靠近花园道的那一侧,而并非从正门的方向看去,靠近塔楼及露台的那一侧。

抛弃了。你们应该都没注意到：他的样子像是刚刚哭过……"

"不是说他早就被抛弃了吗？"艾米纠正着这条所谓"最新传闻"。"听说约翰先生的情人不少……"

"或许你就是其中之一。"塔芙妮打趣道。

"这可不是个好玩笑！"艾米对自己好友的玩笑话感到十分不满，"你和文泽尔呢，为什么还不结婚？"这位机智的女主播这样回敬道。

我们可怜的侦探，还有他那位爱开玩笑的助手的脸，一下子就从耳根红到了鼻尖。

"我们还是赶紧过去吧。"文泽尔拉了一把卡尔，开始往侧厅的方向快步走去。"致酒式马上就要开始了，我们可没有多少时间……"

"让我走在前面！"艾米也追了上去，只留下塔芙妮一个人站在那里，脸依旧红着，不知该怎么办才好。

"哈！这肯定能成为最新的传闻……"埃玛女士抿了一口自由古巴，得意地说道。

第8节　死者约翰

文泽尔和艾米从那个隔间出来的时候，主人房间已经很嘈杂了——但是房间里仍旧只有三个人，外加一具新鲜的尸体：声音都是来自堵在门口的那些客人。

艾米看上去有些恍惚——她往门那边看去，似乎看到了很多客人站在那里、看着他们：三个人和一具尸体。但事实上，只有侧厅里原本在的那几个人，还有从大厅里提前过来、预备在致酒式上得到一个好位置的客人们围在那里：塔芙妮和埃玛压根儿就没有过来——否则她们就会直接进来了。

发出很大声音的那些人中的一个，是大概又喝了几杯的路修斯先生——他几乎都要将堵在门口的卡尔给推倒了。

"同性恋品酒师活不长久！"他这样说，"又一个现成的例子……"他的手上拿着还剩半瓶的深褐色白兰地，可以肯定，那些是不用焦糖加色的高级品。

老者海因纳则和刚刚那帮人小声地议论着，间或摇摇头，似乎是在表示惋惜。

两个刚刚赶过来的别墅保安正试图帮助卡尔维护现场的秩序。

"已经报警了，为防万一还叫了救护车——并且特别叮嘱他们在拐进街区的时候不要鸣笛。"其中一位看上去相当稳重的保安对我们的黑人探长说道,"之前也没有什么可疑的人出入……"

按照这位保安的口气,他之前似乎已经来过一次了:显然,是在艾米和文泽尔待在小隔间的那短短时间里——这位可靠的保安先生应该是在将卡尔探长的吩咐一一完成之后,才专程折返回来的。

"确定吗?"文泽尔似乎是又检查了一遍尸体,将右手插进礼服的口袋里,拿出一块干净的手帕,递给身旁的艾米。

"你流泪了……"他对艾米说道,"最好先出去休息一下。待会儿,帮我叫塔芙妮进来……但不用急,先联系酒会的司仪,通知致酒式延后——免得引起大厅里更多客人的怀疑。"

艾米点点头,接过手帕擦了擦眼睛,走向房间门——客人们自动分开一条路,艾米走出了房间。

"确定!侦探先生……为求保险,我们的人正在检查大门和外墙处所设监视器的录影带,结果出来就会第一时间通知您。"那保安接着回答道,"另外,按照探长的吩咐,两个出口都封锁了,不得不走的客人会有人过来通知。花园外墙附近也临时加派了两个人——保证不会有任何人偷溜出去。"①

文泽尔点点头,开始仔细检查起现场来。

"你们这栋别墅里到底有多少个保安?"听到眼前这位保安所描述的、如此周全的人员分配报告,原先还担心人手不够的卡尔探长忍不住问了一句。

"十七个——轮班的是六个。但现在这情况,除了一个事假之外,全部都派出了。"那位保安老实地回答道——这答案引起

---

① 如我们所熟知的,监视用摄像头仅监视别墅外围所发生的事情——别墅内部(包括花园)是不设任何监视器的:那些心理正常的有钱人并不喜欢被监控室里的保安们看见自己的一举一动。

了一阵新的议论声。

"哈！这么多……有什么用处？"

说这话的自然是路修斯。他又给自己灌了一口白兰地，然后仰着倒了下去，酒洒了一地。

"那个……普雷斯曼，我们几个试着把他抬过去吧。"海因纳说道，"他躺在这里会碍事的。"

于是，这群上了年纪的人合力，将多嘴的路修斯先生给抬到了一旁的沙发上。

没有人多嘴到大厅那边去说些什么——这让我们的侦探感到很欣慰。毕竟，很可能过去说些什么的那个人，此刻已经躺在那沙发上了。

第 9 节　初步的分析

"那么，你觉得怎么样？"

"什么怎么样？"

"当然是关于这个案子！"卡尔有些生气地回答道，"你不可能对此没有任何看法吧！"

"别激动，我的朋友！这儿已经有一些显然的线索……"我们的侦探不紧不慢地说道，"落地窗不可能从外面关上——甚至连能够使用细线的缝隙都没有。"

"因此凶手必定要通过侧厅——除非他们能揭开屋顶，或者藏身在那个隔间里……"卡尔接下文泽尔的话，"但你刚刚和艾米进去过——里面显然没有人在。"

"实际上，那里面相当挤：连能勉强藏下一个人的地方都没有……"文泽尔补充道，"检查窗户之前，我就已经确认过窗帘拉上的位置，还有那几处较显眼褶皱的特征——那些和我上次过来时应该是完全一样的。根据我一向对细节的准确记忆，从窗户进入的可能性已经微乎其微了。"

"至于外来作案的可能性……"

"虽然要等到监视器录影带的结果出来才能下定论，但照这情形看来……凶手很有可能是别墅中的人。"

文泽尔突然想起酒会主人刚刚在欣赏那些礼品酒时，偶然所说的抱怨话语——他因此看了那个大酒柜一眼：除了现在是放在酒吧工作面上的那瓶"哈瓦那俱乐部"之外，似乎其他的礼品酒都还是照原样摆在那里……玻璃橱窗好好地关着，里面琳琅满目的龙舌兰酒，看上去也和刚才一模一样。

　　"是啊，有奇怪的陌生人通过侧厅的话，原本在侧厅里的客人们是不可能完全没有察觉的……马上帮我找两个稍微闲点儿的人过来！"这位黑人探长转头命令那位保安，"将大概八点二十到现在为止在侧厅逗留过的客人集中一下，我们稍后将进行进一步的询问。"他转头问文泽尔："是八点二十吗，你拿着那杯摩吉托离开这房间的时间？"

　　"大概吧……"我们的侦探回答道，"在埃玛女士去大厅的时候我看了看表——那时候大概是八点半：将上限定早一点比较保险……"

　　那个保安离开了，只留下一个人守在门口——实际上，门口已经没剩下几个人了：大家都散开了去，重新拿起各自的酒杯，开始议论、猜测、埋怨和叹息起这个杀人事件来……

　　"对于那个'SOLL'，你又有些什么看法呢？"

　　"看法大概和你的一样。"文泽尔笑了笑，"不过，我还有一个问题需要确认。"

　　"我却不需要……"卡尔对这位侦探的说法表示理解，"但还是确认一下为妙——我那些道听途说来的消息并不太可靠。"

　　"那之后呢？"文泽尔问，"这只是解开了第一步的谜题。"

　　"第二步也已经有些着落了……"我们的黑人探长略为得意地回答道，"我也暂时卖个关子吧……"他开始检查起酒柜上的那些酒来。"你当然也特地做了些什么——"他用眼神示意了一下那个放杂物的小隔间,"不是也不打算立即告诉我吗?"

"彼此彼此……"我们的侦探对卡尔的斤斤计较不太满意,"不过是一个小诡计。"

"直到现在为止,"卡尔提出了一个新的话题,"哪些人明显值得怀疑呢?"

"首先,自然是西尔斯先生。"文泽尔回忆道,"他在我刚刚遇到约翰的时候做了些奇怪的事情——现在想起来,似乎是在吃醋……他故意撞了我一下,当然,也可能是我多心了。"

"不,他多半是故意的……"卡尔说道,"很多人都说他们现在的关系不好——我猜,谁跟约翰多说两句话都会引起西尔斯的讨厌的。"

"他们那时候的确是起了争执……这也是我怀疑西尔斯先生的第一点。"

"第二点当然就是我们和艾米一道过来的时候,那家伙急匆匆地从侧厅那边过来,继续他的撞人表演……"

"那情形很有些不正常,只不过,我们当时都没有去在意而已。"

"是啊!他急着去洗手间,很可能是要处理掉一些可能的证据……这实在太明显了。"卡尔说,"既然这样,干脆叫几个保安直接将他逮住算了——否则,他可能会有机会逃走。"

"他逃走反而更好——就好像直接在胸前写上'我有罪'一样:事情或许并没有那么简单……"

"你总是喜欢将事情想复杂!"卡尔耸耸肩,"不过也好——反正没有谁能够逃走:坚持要走的无疑最有可能是嫌疑人,谁也不会那么蠢的……"

"第二个嫌疑人,是打断我和酒会主人谈话的那个中年男人。

那时候，我刚刚拿到那杯摩吉托——谁也想不到，这竟会是约翰·贝恩斯所调的最后一杯酒……"

"那可不见得！"卡尔纠正道，"说不定他也给凶手调了一杯呢……你刚刚也没好好检查过那个吧台——不过，为了方便稍后的寻人工作，你能不能详细描述一下那个人的长相呢？"

"不用描述了……"我们的侦探朝着门口方向示意了一下——那里站着一个憔悴又紧张的中年男人。"就是一直站在那里的这位先生——您可以进来了，我已经留意您很久了……"

第10节 恐吓信投递者

"可和我没什么关系，侦探先生……"

这位中年人刚一坐下就开始辩解，眼睛却一直看着地上约翰·贝恩斯的尸体。

本来已经散开了去的、那些原先就在侧厅里的客人也都围拢了过来，或许还有一些客人是刚刚过来的。站在最前面的是海因纳和普雷斯曼那帮人，路修斯先生并不在里面（他的酒恐怕得到明天才能醒）。虽然卡尔没有再到门口去维持秩序，却也没有人主动踏进主人房间里来——他们只是站在门口，看着，也不再发出什么嘈杂声音，就像一群古典音乐会的听众一般。

"这位先生，我也愿意相信您。一切都和您没有关系——那自然就是最好。"文泽尔对这位中年人微笑，卡尔递给他一杯刚倒的哈瓦那俱乐部，就是约翰开过的那瓶。

"您应该也想到了——或者您也听到我刚刚对卡尔探长所说的话……我只想知道，我和您上次见面的时候——那时候，您找酒会的主人究竟是为了什么事呢？"

"侦探先生……"这位中年人喝了一口手中的酒，有些为难地回答道，"您知道的，一些私事——公之于众并不太好……"他求助般地看了一眼门口的众人，没有人为此说些什么。

"或者您可以在我耳边小声说出这些似乎是涉及个人隐私的内容，"文泽尔走到这位中年人的身边，"以我一向的职业修养为保证——我不会将我所听到的东西公之于众的。"

"我并不想说！"这位先生对我们侦探的提议并不领情，"没什么可以说的——和这家伙的死没有一点关系！"

"那么……"文泽尔转身询问门口站着的众人，"请问有谁留意到这位先生从这个房间里走出来吗，在八点二十分之后？"

"我看到他出来的。"说这话的是普雷斯曼（之前搬运路修斯先生的时候，我们的侦探得以将这个名字对号入座）。

"能详细点说吗？"文泽尔问。

"他并没有进去太久……"普雷斯曼回忆道，"您出来，他进去，然后他又出来——这应该是十分钟之内发生的事情。海因纳先生，还有克卢（Clew），你们都没有留意吗？"

他的这两位朋友摇了摇头，海因纳先生还特别补充道："普雷斯曼、克卢，你们知道，我在讨论和倾听的时候，最不喜欢将视线放在别处。"

他转头对我们的侦探说道："哼！老年人的注意力必须集中，否则便跟不上任何话题——这是理所当然的……"

"您却情愿将视线放在路修斯先生的身上……"文泽尔笑了笑，"是否一个大声叫嚷的醉酒者反而比你们的话题更富于吸引力呢？"

这位侦探的回话引来了众人的一阵窃笑。老者海因纳搔了搔头，不再说什么了。

"普雷斯曼先生，您注意到他，"文泽尔接着问道，"是否也注意到了其他的一些细节——我是指，比如他的表情：是否十分生气，或者是笑着走出来的；他的衣着，是否和现在不同？他是否拿了些什么特别的东西……"

"别把我当什么犯人!"那位坐着的先生打断了我们的侦探,"我什么都没做!我就从这房间里出去过一次!就是这家伙说的那一次……"他十分多余地用手指着普雷斯曼先生,"当时,我保证——即使我心里有什么不忿,也绝对是面无表情的……"

"面无表情往往相当可疑……"卡尔这样说,这中年人还想辩解些什么,却也被我们的黑人探长阻止了。

"需要你回答的时候,我们自然会问你——打断别人的谈话,是那类最不明智的嫌疑人经常做的事情之一,明白吗?我也开始有些怀疑你了……"

卡尔半开玩笑半认真的话语让椅子上的客人安静下来,他喝了一口酒,用只有他自己能听得到的声音小声嘀咕起来。

"不是面无表情……"普雷斯曼显然对这位先生刚刚对他的不敬非常不满,因此他也试着用手指向他,"他看上去很生气……非常生气。而且,手上好像还拿着什么……"

听到这话,那人几乎都要从椅子上跳起来:

"说谎!完全是无稽之谈!我什么都没拿,而且也没生气!你这个醉鬼!!"他将杯子掷在地上,杯中的酒洒得到处都是,一些甚至溅到约翰的尸体上。

卡尔将他按住,用近乎训斥的语调对他说道:

"请注意一下你的言行!这样对你可没有一点好处……"

我们的侦探则耸了耸肩,继续问普雷斯曼:

"他拿了什么?酒瓶、报纸、玫瑰花,一柄裁纸刀或者其他什么?"

椅子上的先生又想要说什么了,卡尔重重地按了一下他的肩膀,他终于什么都没有说。

"他很快就将那东西收起来了——收进他西服的内袋里。如果我没记错的话……他还四下里望了望,估计是怕被别人看见……"

"哼!就让我来证明你那低下的记忆力……"卡尔这次没来得及按住他——他站起来,将上装脱掉,拉掉领结,又将有些洗白的衬衣解开。

"看看,西服的内袋——你们尽管检查……甚至衬衣、裤袋……"他将裤袋翻出来,里面空空如也,"根本就没那东西!他是个骗子!"

"你可以藏在别处!"普雷斯曼叫了起来,"嘿!我记起来了!那是张支票——你威胁约翰,拿了他的钱,然后杀了他!!"

"完全是胡说!!!"那位先生有些歇斯底里了,"你们才是!!!你和老头海因纳,还有克卢·韦特(Waite)——为了你们那经营不善的酒庄,别以为我什么都不知道!!"

一直都不说话的克卢·韦特冷笑了一声,只一句话就让这位几乎要疯掉的先生安静了下来:

"谁的嫌疑最大?我可见过你——奥古斯特·多纳多(Auguste Dorado),亲爱的邮差先生!你们兄弟俩可真都不简单呢!"

奥古斯特听到这话,仿佛被人用拳头击中下巴一般,颓然地坐回到椅子上。

我们的侦探当然听出了这句话中的隐义——面前的中年人、奥古斯特·多纳多,正是约翰·贝恩斯的秘密情人、西尔斯·多纳多的哥哥。这位虔诚的天主教徒,就是那个向别墅投递恐吓信件的神秘邮差。

卡尔接下来的话也证实了这点。

"这就是我在传闻中听到过的那个名字。"我们的黑人探长这样说,"奥古斯特·多纳多、西尔斯的哥哥——曾经写过那么多的威胁信,宣称将在'一个重要的日子杀了他们俩'……"

说这话时,他看了一眼坐在椅上的奥古斯特——他似乎并不打算再辩解些什么,这几乎等同于他承认了这一切均为事实。刚刚才安静些的人们再次开始议论纷纷,而且,声音似乎还越来越大——仔细听去,嘈杂声已经不限于在这门口,甚至整个别墅都开始窃窃私语起来。

这时,几个穿白衣的急救人员分开门口围着的众人,将担架抬了进来。在他们进来的时候,较远的地方传来几声刺耳的尖叫声:很明显应该是从大厅那边传来的。尖叫声过后,刚刚的"窃窃私语"就已经可以用"喧哗"来代替了。

文泽尔摇了摇头,走到尸体旁边去,整了整约翰的衣服。

"不是叫他们小心过来,怎么还引来这么大的骚动?"

这句话是对卡尔说的——侦探先生的老朋友当然知道,话中的"他们"并不是指眼前的这几位急救人员,而是同时"应邀而来"的、第十警察分局的夜班同僚。

"或许我可以先出去应付一下,"卡尔答道,"十分局的人,我算是认识不少——而这里似乎也没什么需要我帮忙的地方了……"

文泽尔摇摇头,看了一眼那几位试图将尸体救活的急救人员,又环顾了一下主人房间的门口,自顾自地说道:

"这可真奇怪,这场景似乎平静得有些不正常呢!"

看见他的侦探朋友并不搭理他,这位黑人探长也并不怎么生气——他笑了笑,就要往门口走去。

卡尔的好意却被突然闯入的塔芙妮给打断了:

"文泽尔,还好你在这儿!我的天……一个好好的酒会上,竟然会发生这样的事情……"

塔芙妮显得很沮丧,说话急促,而且进来后的一举一动都表现得十分慌乱——这当然引起了我们侦探的不满。

"我亲爱的塔芙妮,"文泽尔略显责怪地说道,"我不是已经告诉过你很多次——作为一个侦探助手,在任何时刻都保持冷静是十分重要的。艾米不是已经跟你说过这件事了嘛。"他示意了一下约翰的尸体——急救人员正小心地剪开他的衣服,有人在检查他的瞳孔,似乎是想确定他是否还存在着少许的生命迹象,以决定是否需要立即展开急救。

"艾米说过了,但是……你不知道……"塔芙妮看了一眼那具尸体,似乎稍微平静了些,"西尔斯也死了——我和埃玛女士刚刚发现了他的尸体,就在洗手间里……"

片刻的惊奇之后,围观者们的目光不约而同地投向了奥古斯特·多纳多——坐在椅子上的这个男人,他肯定听到了塔芙妮的话,因为,他此刻的表情,就如同被闪电击中了一般……

第11节　死者西尔斯

"或者会有人看到有什么可疑的人从这儿出来……"十分局的值班探长罗特·科克伦（Rot Cochran）对卡尔说道，"我们的人正在询问大厅里的客人，查出当时可能碰巧从吸烟隔间或者客用休息室进出的目击证人——希望能够得到些有用的线索。"

"约翰先生并不是一个招人厌的人……"说这话的是这栋别墅的管家盖格·爱德华兹（Geige Edwardes），很显然地——带着一脸悲伤的表情。"我亲自检查了每位客人递上的邀请函——我问他们的名字，他们友好地作答，并且送上自己的礼品，也在签名簿上签下自己的名字……这些客人里没有谁不曾面带微笑——除了那对令人厌恶的多纳多[①]兄弟，您知道，他们甚至比发臭了的剑鱼还招人讨厌……还有那爱发牢骚的路修斯——他如果不喝酒的话，倒称得上是'沉默寡言'……"

我们的黑人探长对这位管家先生的唠叨显得有些不耐烦。

"行了，盖格先生，行了……"他拍了拍他的肩膀，"我对此感到十分遗憾——您能将来客的签名簿取来给我们看看吗？您知道的——可能需要做笔迹比对……"卡尔做了一个签名的动作。

---

①多纳多（Dorado）在西班牙语中即为"剑鱼"之意。

"好的,我这就去……"管家先生知趣地离开了客用卫生间。……

这宽敞的封闭式卫生间设在大厅左下角的一个过道里,紧邻着一个吸烟间。而对面则是两个客用休息间——过道的尽头是别墅的厨房。

西尔斯·多纳多的尸体倒在洗手台旁,眼睛还睁着,瞳孔却早已失去了焦点——我们可以从这凝固不动的诧异表情确定,他确实是死了。

"嘿!文泽尔,你在干什么?"卡尔对他的侦探朋友叫道,"它们已经睁得够开了,你没有必要还去将它们撑得更开些!"

"只是例行检查一下……"我们的侦探将西尔斯的双眼合上,"看起来,这里似乎已经不再需要什么急救人员了……"

"一柄毫不起眼的锐利小刀和一些可怕的念头就能够夺去一个年轻人的生命,这实在是太可怕了……"埃玛女士感叹道,"幸而酒精给了我些胆量,否则我就要晕过去了,"她摸了摸自己的额头,"我的天!我们是抱着救援的打算闯进来的……"埃玛看了一眼站在一旁的塔芙妮,"迎来的却是无可挽回的悲剧。"

"我们先敲了门……"塔芙妮回忆道,"当时,我和埃玛女士结伴来到洗手间——我们等了大概五分钟。埃玛女士有些不耐烦了:她敲敲门,里面却没有任何回应,我们便开始觉得有些不对劲……"

"我猜是有人醉倒在洗手台上了,"埃玛女士看了一眼西尔斯的尸体——几个探员正在给它拍照,"这种情况在酒会上很常见。"

"你们是怎么弄开门的?"罗特探长问道,"门不是从里面反锁的吗?"

"用一枚硬币就可以轻松办到。"卡尔替两位女士答道,"为了应付突发的情况,一般封闭式卫生间的门锁都是简单的旋扣锁,"他指了指卫生间的门,"不设紧急钥匙,用合适大小的硬币或者钥匙反面的圆端都可以轻易旋开。"

"这是基本常识……"埃玛女士并没忘记取笑一下这位值班探长。

"嗯……那么,这个'SOLL'是什么意思?"罗特探长迅速转移了话题——他示意了一下西尔斯用右手食指写下的那个血字。"听说约翰在死前也留下了一样的血字?"

"没错!本来很清楚的——"文泽尔看了一眼卡尔,"现在却又有些新东西迷惑了我们,至少是对我而言。"

"可惜这次选的位置并不太好……"卡尔说道,"写在这种卫生间专用的瓷砖上,虽然可以勉强辨识出来,字母的边角却因为张力作用而收缩……总之,字迹已经发生了变形,用来做笔迹比对的价值并不大。"

"但还好主人房间里的那个很清楚……"这位黑人探长转头对罗特说道,"最好尽量将客人们都集中在大厅里——你也看到了,可能是有计划的连续杀人,必须先确保其他人的安全。"

"您怀疑这些血字都出自一个人之手吗?"埃玛问卡尔探长,"从您的口气听来……"

"必须先确定主人房间的血字是不是约翰本人留下的……"卡尔略微点了点头,似乎是回忆了一下刚刚的那个现场。他突然转过头来问文泽尔:"约翰·贝恩斯是左撇子吗?"

"似乎不是,"我们的侦探立即回答道,"握手时使用了右手,用长匙搅拌的时候使用了右手……你知道,用不惯用的手来搅拌东西会觉得很别扭的——不过,最好还是向管家先生确认一下……或许他是一个难得的'双手灵活者'——毕竟，约翰·贝恩斯是一位出色的调酒师，此种职业可能需要练就这样的特殊技能。"

"嗯……但如果他不是左撇子，却勉强用左手写字的话，字迹就难以确认了……"

"我却知道西尔斯是个惯用右手者，"埃玛说道，"可惜，正如您刚刚所说的——变形了的字迹用处不大。"

"如果可能的话，"卡尔对罗特说道，"请求一位笔迹专家过来支援……埃玛女士，这字迹有没有用并非我说了算。"他耸了耸肩。

"笔迹专家必须从总局抽调的……"十分局的值班探长有些为难地说道，"分局里的证物科如果拿到需要笔迹鉴定的证物，按照程序都是递交总局处理——毕竟，这方面的事务并不多……"

"这是基本常识……"这次，埃玛女士将自己玩笑话的矛头指向了卡尔——塔芙妮、文泽尔还有罗特探长都忍不住笑了笑，这让我们的黑人探长感到颇为尴尬。

"好的，我一会儿就给总局那边打电话，让他们调英斯（Ings）过来——他是我们最好的笔迹专家了，希望今天轮到他值班……"卡尔也试着将话题转移开（这似乎是避免尴尬场面的最常用办法），"另外，指纹取证也是必需的——洗手间的瓷砖上最容易留下指纹：想想看，如果凶手将手套冲进了抽水马桶里，那么，至少那个冲水用的不锈钢按柄上会留下指纹……只要凶手不是戴着手套出去的，那么，那家伙在旋开卫生间门的时候，是很有可能将大量的指纹线索留在里侧门把上的。"

大家不约而同地看了看那扇门，但这时罗特探长却提出了疑问。

"在女士们进来之前，门不是从里面锁上的吗？"他问道，"那么，凶手是怎么出去的呢？如果旋开卫生间门出去的话，他还怎么能从里面将门锁上……"

这回大家都笑了，这位可怜的值班探长立即意识到，自己问了一个蠢问题。

"好了，不要再摆出那个什么'基本常识论'了！"罗特双手举起做投降状，"我已经知道是怎么一回事了……"

"能从外面开当然也能从外面关，"埃玛女士笑着说，"这不是基本常识，而是基本推理……"

"虽然指纹取证是必要的……"为了避免引发又一轮的笑声（在这样的场景之下屡次发笑显然不太适合），我们的侦探及时地将话题引开了，"但如果我是凶手——我打算离开，并且隐藏我的踪迹……我们假定这是位冷静型的凶手：就和绝大多数只在杀人时显得过于激动，事后又立即镇定下来的那帮人类似——我可能没有准备手套，或许我嫌手套太麻烦了。既然我选择了卫生间作为舞台，我就会利用这里的现成道具……"文泽尔环顾了一眼卫生间，目光停留在墙上的金属纸巾盒上。

"便于使用又便于丢弃，"他走到尸体身边，观察起没入西尔斯上腹部的匕首柄来，"如果这种纸巾是高级品的话，自然更方便擦拭——但如果凶手是用纸巾包着刀柄，刺下这致命的一刀的话……擦拭刀柄的麻烦也就同时省去了。另外，手上拿着纸巾却突然起刀也可以减少对方的怀疑，让事情更容易得手些。"

"但如果凶手相当激动的话，却还是可能直接拿刀就刺，事后才擦去指纹……"卡尔说道。

"如果我们是从血字看出他的预谋的话——这种说法就不容

易成立。我刚刚所说的'激动',只是杀人时情绪上的亢奋,理智并不随之失控。"文泽尔回应道,"相反,杀人过程中注意力的高度集中,很容易让凶手想出一连串掩饰自己所作所为的绝妙方法——这都是出自一种变相的求生本能……"

"或许你说得有道理,"卡尔有些不服气地回答道,"但指纹取证却依旧是必需的——凶手也可能并没有想到要擦去指纹,我们不能排除一些不具备简单犯罪常识的初犯。"

"那是当然,我的朋友,那是当然……"文泽尔笑着说道,他并不打算在目前无法确证的事情上面驻足太久,"你们可以看到这刀柄的形状,还有上面的'双子'标记——我们都知道这是一个相当有名的牌子:或许厨房也使用这个牌子的套装……因此,罗特探长,你也就有必要询问一下,是否厨房恰巧丢失了一柄好用的小刀。"

文泽尔对众人解释道:"在主人房间里他也是就地取材,酒会的主人曾经用那柄裁纸刀切过青柠檬——'就地取材'这点很容易让人展开联想。因为他的凶器不是预先准备好的,这就给第一次谋杀加入了大量的不确定因素。"

"似乎可以参考普雷斯曼的那个猜想……"卡尔说道,"奥古斯特·多纳多在文泽尔离开后,因为某些原因和约翰先生起了争执,一时激动之下,用酒吧工作面上放着的裁纸刀刺死了酒会主人。匆忙拭去了自己留在刀柄上的指纹之后,稳定了一下自己的情绪,然后离开了房间……"

我们的黑人探长思考了片刻,接着说道:"在约翰死后,西尔斯可能去过主人房间——他马上就想到:这是他哥哥干的……我们都知道他们兄弟和酒会主人之间的特殊关系。这场景让他很为难,他的情绪糟糕到了极点,却又不知道应该怎么办,于是只好先跑到洗手间来洗一把脸，冷静一下……"卡尔用眼神示意了一下躺在地上的西尔斯，"这可以解释我们在大厅聊天的时候，他为什么要快步往这个方向走——虽然我们当时都没有留意，但其实西尔斯那时候的举动十分不正常。"

"我打赌他哭过，"埃玛女士接过卡尔的话，"我当时就说过的——他被他的老情人给抛弃了，而且，是彻彻底底地抛弃……"两具尸体让她的话变得一语双关。

"到目前为止都和我们已知的线索相当契合，"我们的黑人探长对埃玛点了点头，"可能奥古斯特察觉到自己的行为已经被自己的弟弟发现……或者他们兄弟俩刚好在洗手间门口碰上了——奥古斯特在杀死约翰之后，应该也需要想办法让自己冷静下来：到这里用冷水冲冲脸，自然是个不错的选择。"

"兄弟俩在这里争执起来，已经杀死一个人的奥古斯特，因为害怕自己的亲弟弟揭穿自己，就又下手杀死了他。"罗特探长叹了口气。

卡尔补充道："如果考虑到凶器来源，奥古斯特在杀死约翰之后，似乎马上就意识到——西尔斯一定知道自己就是凶手。因此，在西尔斯找到他之前，奥古斯特已经先溜进了厨房，取得了第二次作案用的凶器：厨房里是肯定能找到好用的刀具的——理所当然。这次，因为他已经有所准备，他或许事先就准备好了一张纸巾，甚至是在主人房间里就已经准备好了的——我注意到吧台那里也有类似的金属纸巾盒，或许是为了调酒时方便吧……总之，他准备好了这一切，等着他的弟弟找到他，然后将他引到这个洗手间里，趁其不备杀死了他。"卡尔探长停顿了片刻，"也可能他们事先就已经约好，要讨论和这'三个火枪手'的传闻相关的一些事情——西尔斯可能已经知道他的哥哥要去找约翰先生，他们三个人之间或许正在协商些什么,你们知道,诸如分手协议,以及安抚金之类的……但是事情却失控了。奥古斯特投递的那些恐吓信件,当初或许纯粹是为了恐吓,此刻却成了自己所作所为的预告函,这可真是绝妙的讽刺……"我们的黑人探长摇了摇头。

"这好像无法解释那两个内容相同的血字。"塔芙妮摇了摇头,"如果奥古斯特是匆忙间杀了人,接着赶快离开了现场的话,他不可能知道约翰在临死前所留下的血字内容……"

"这正是最有力的证据!"卡尔笑着对塔芙妮解释道,"根据我的假设,西尔斯很有可能看到了约翰的尸体——那时候他应该已经写下这个血字了。我得说,西尔斯当时应该就已经知道了这个血字所表达的意义——我甚至可以大胆地宣布,根据我手中已有的线索,西尔斯就是从这个血字中得知:杀死约翰的正是自己的亲哥哥——奥古斯特·多纳多!"

听到这话,文泽尔皱了皱眉头。

"这是否有些太过武断了?"他对卡尔说道,"即使从已知的线索来看,也还存在着一些其他的可能性。"

"你不是也知道血字的秘密吗?"卡尔得意地说道,"我可从来都不曾低估过你,我的朋友——你也知道这个假设有多么合理,在破解了血字的密码之后……"

"就是因为它太合理了,才让我觉得不太对劲……"文泽尔答道。

"这真是奇怪的想法……"这位黑人探长耸了耸肩,"看来你是喝醉了——或者我知道的比你要多些,至少在和龙舌兰酒相关的常识上:等到盖格回来,我们回到第一个现场,一切就该真相大白了!"

文泽尔摇摇头,向洗手间门走去,似乎是要离开这个现场。

"嘿!我说,我的朋友。你这是要干什么……"卡尔似乎也觉得自己刚刚的话有些过分了,"我收回我所说的,希望你不要介意——你知道,喝醉酒的很可能是我。"

"没那回事,卡尔,和你没有关系。"文泽尔对这位黑人探长笑笑,"我想先去检查一下厨房——这里也找不到什么新线索了。"

"哦,那我打算等会儿去第一现场公布我的假设,你有兴趣过来听听吗?"

"或许吧。"文泽尔小心地将门推开——外面围着不少好奇的客人,看到卫生间里的尸体,几位女士发出了尖叫声。

"你知道的我都知道。"这位侦探在推开众人的时候这样说,"我现在想去找一些我们都不知道的……待会儿见。"

塔芙妮见文泽尔要离开,也赶紧跟上。

"而我要去取杯酒,"埃玛小姐也向着门走去,"和尸体待在一起的时间太长,让我感到恶心……"她也出去了。

"那么我也去给总局打电话了——但愿英斯今晚没有约会……"卡尔见大家都走了,也不想在第二现场再待下去了。

"那么,我现在应该干什么?"罗特探长显得有些不知所措。

"做你该做的事情,探长。"

卡尔这样说着,离开了卫生间。

第12节　厨房的调查

"客人们稍有些骚动,不过已经平息了。按照指示,将他们集中在大厅里。一共是四十七人,别墅原本的工作人员、请来的厨师和调酒师、奥古斯特·多纳多以及已经死去的西尔斯不计算在内。"罗特的手下报告道,"我们的人手有些不够,问询工作进行得很慢——因为各种原因不得不走的那些客人,我们已经进行过仔细的搜身,并向至少两位其他客人或者别墅里的工作人员确认过他们的身份,为了以防万一,我们还专门记录了他们的名字和联系方式以备后用……大部分客人表示,如果需要做指纹比对,他们会尽量配合。"

"做得不错。"罗特探长回应道,同时看了一眼正在一旁查看客人名单的卡尔,"还有什么需要报告的吗?"

"那个,有一个别墅的保安说,他遵照一位探长所说的,正将曾在厅的客人集中起来——他们原本是要将他们集中在侧厅的,但经过我们的协调之后,那两个人转而开始登记在侧厅的客人名单。进展得比较顺利,名单我已经拿过来了。另外,他们表示,他们的人已经检查过大门和外墙监视器的录影带,没有发现任何可疑的人进出。那些录影带已经呈交证物科的人了,核查的结果可能明天才能出来。"

"好的。"罗特接过那份颇多删改的名单,"你去忙你的吧,注意安抚客人的情绪。如果某些人确实是'干净'的话,可以先让他们离开,但还是要注意登记名单……"

"你们将奥古斯特安置在哪里?"一直没说话的卡尔突然提问了。

"客用休息间里,有两个我们的人负责看着他。"

"他是否表现得情绪不稳?"

"我们给了他香烟。他还想要酒,但我们没有给他,只提供了苏打水——情绪看上去似乎还比较稳定,因此我们并没有将他铐上……所派警员其中的一位是具有相当谈判经验的资深探员,现在正试着和他聊天。一方面进行安抚;另一方面也希望能够得到一些有用的线索。另外,我们已经设法取得了他的指纹。"

"做得好!"卡尔称赞这名年轻的警员,接着问道,"你看到文泽尔和他的助手了吗?"

"没注意,但好像不在大厅里。"

"就让他们去调查那些不为人知的新线索吧……"卡尔自言自语道,"盖格先生,你们应该也有客人所送礼品的相关记录吧——我递上那瓶桃乐丝的时候,确实是看到有人在一旁记录的。"

"当然,这都是为了方便回礼,我们处理这些事务向来都是一丝不苟的。如果遇到包装太精美而让礼品无法识别的情况,我们的人也会礼貌地向赠礼者进行询问,务必做到完整详细——您知道,人际关系是需要精确计算的。经常给予合适的惊喜能够加深友好度,草率行事只会让朋友一个接一个地远去……"这位管家先生得意地解释道,"管理永远都是一门学问。"

"哦……那您能够帮我将这份完整详细的礼品清单取过来

看看吗?"卡尔对盖格先生的理论完全不感兴趣,"那会很有用的。"

"我现在就去。"管家离开了。

"有没有人能够告诉我,英斯到底来了没有?"卡尔开始发起牢骚来,"我需要的证据很快就要收集齐全了。"

"也就是说,案子快要水落石出了,是吗?"罗特很没有主见地问这位总局的同僚,"如果是的话就太好了,我们也可以早点收队……"

"希望如此吧……"卡尔答道,拿过罗特手中的那份侧厅人员名单。

"现在,为了获得时间上的目击证人,我们需要按照这份名单开始具体的问询了。"卡尔仔细地看了一遍那个名单,"还好,上面的名字并不多。罗特,我需要你派一个人将这些客人集中到侧厅里,可以吗?我现在先去和奥古斯特先生谈谈。希望在那之后,我马上就能在侧厅里见到名单上的所有人。"

罗特看了一眼那张名单,有些为难地说道:

"'一个留红色长卷发的女人',有人叫这个名字吗?"

"大厅里才有多少客人?"卡尔笑着说,"做事不要太死板——如果她不在大厅里,就在那些已经离开的客人名单上;搜身和记录离去客人名字的同事们应该会对这样的描述有印象的。快去吧……"

"那么,您是否留意到,在大概八点半钟之后,有没有什么奇怪的人进入厨房呢?"我们的侦探问道。

"进出的客人应该不少,我的手上也正忙,不可能一个一个去留意的。"厨师彼得·霍夫曼(Peter Hofmann)回忆道,"三明治、小甜点、各式各样的果盘……即使我有两个助手帮忙,也还是连抬头看上一眼的时间都没有:两个生手,帮不上太多的忙……"

"这是不是有些夸张了?"塔芙妮嘀咕道。

"开酒会一向都是最繁忙的。"彼得先生笑着解释道,"这位别墅主人又是出了名的挑剔——如果请酒会代理的话,一般都是将这些佐酒物预先准备好,在酒会开始之前直接运过来就行了:您知道的,多半都是些冷点……但约翰先生为了追求新鲜,所有的东西都必须现做——价格当然也贵上不少……啧,其实无非是在讲求排场。"

"客人进出一般都是想要拿些刚做好的小点心——有些东西比较抢手,比方炸虾和生蚝,还有蓝莓雪糕什么的;有些客人又格外挑食,或者说是嘴馋……"在一旁的调酒师尼古拉斯说道,"当然,也有一些酒醉的客人走错房间,或者纯粹是到这里来看看,抱着参观的心情。"

"您也没看到什么奇怪的客人吗?"

"没怎么注意——进出的人太多了,侍者也要经常将东西端出去、将空盘送进来。而我的注意力就全停留在酒瓶上了:杜松子、威士忌、味美思、利口酒、伏特加、特奎拉、朗姆酒、白兰地……当然还有姜汁、莱姆汁、橙汁、苏打什么的。这是累人的活儿,即使约翰·贝恩斯先生对调酒再怎么精通,这样的场合,也不会想要亲自来做。看看,我就只有一个助手!"彼得抱怨道,"而且一样是笨手笨脚,甚至连个杯子都拿不稳——才几个小时,就摔坏了两只高脚杯。"

"那么,这扇门呢?"文泽尔指了指厨房一角的那扇正对着入口的门——虽然门上开有窗户,但却被白色的短窗帘给遮住,完全看不见外面有些什么。"它通向哪里?"

"通向花园。我在下午做准备的时候曾从那里出去过。"尼古拉斯答道,"约翰先生强调,调酒用的樱桃要用花园里的晚熟雷尼尔——就在门外,两边的位置,各种都有很多株,这几天正是采摘的最好时间。"

"看到有客人从那里出去过吗?"

"我站的位置看不到出入口,"尼古拉斯走到厨房的专用调酒台那里,"就算能够勉强看到,我也不会去留意的——我说过的,实在是太忙了。"他转头问厨师彼得,"彼得先生,您有没有看到谁呢?"

"我更不会有那种空闲!"彼得回答道,"或者你们看到了?"他问站在一旁的三个年轻助手。

他们不约而同地摇摇头。

"看看,"彼得没好气地说道,"就算他们看到了,也一定不会记得——这帮笨手笨脚的家伙!"

"好的,那么——厨房里有没有少些什么东西呢?"文泽尔接着问道。

"一柄水果刀……"尼古拉斯的那个助手小声说道,"我将它放在台面上,现在找不到了。"

"还有什么其他东西不见吗?"

"我不清楚,这里的东西太多了……"

"那为什么只对这柄水果刀留意?"

"因为我在切橙片的时候打算用它,找了半天,却怎么也找不到,只好用大一号的刀来代替……"

"那么,上次用它是在什么时候呢?"

"很早了……应该是在下午——可能六点还不到……说实话我记不得了。"那个助手十分为难地说道。

"……是'双子'牌的吗？"

"没错，这厨房里的所有刀具都是这个牌子——它们一贯令人信赖。"厨师彼得回答道。

"连谋杀时也一样……"文泽尔喃喃自语道，"有谁留意到，哪个客人取走了这柄刀吗？他们或许会给出一个借口——毕竟，这是件很显眼的事情，请稍微回忆一下……"

"说到显眼的事情，"调酒师回忆道，"路修斯·赫塞尔先生到我身边来过，他拿了一整瓶白兰地走——我还和他打了招呼。您知道，他也是酒界的知名人物，因此我认识他……"

"什么时候呢？"

"酒会刚开始不久，应该还不到八点吧……"尼古拉斯回忆道，"之后他应该没有来过了——至少我没有看到。"

"没人注意到那柄刀吗？"我们的侦探问调酒师的助手，"你上一次用完的时候，将它放在哪里？"

"这里。"那个年轻人指向台面上的一个位置——那里堆着数不清的青色和黄色的柠檬、橙子、樱桃和杨梅，除此之外，还放了不少乱七八糟的小型厨房工具：碎冰机、简易搅拌器、去皮器、牙签盒、各式各样的大小容器、一堆规格不一的长匙和很多说不上名字来的东西。柠檬和橙子随意地放在台面上，樱桃和杨梅则收在好几个颇大的透明塑料碗里。

台面下有一只很大的垃圾桶，我们的侦探走过去看了看：里面净是些用过的切一半柠檬、断掉的牙签、无用的橙子头和揉成团又湿漉漉的卫生纸……两只高脚玻璃杯的尸体几乎都被这些垃圾给淹没，只有少许亮晶晶的残渣证明它们确实是被埋葬在这里。

"这位置离门相当近，"文泽尔看了一眼厨房的两个进出口，

"谁都可以在拿起一只小蛋糕的同时将这柄刀轻松带走……"我们的侦探站到花园门旁边,快步走到那年轻人所说的位置,做了一下拿刀的动作,然后走向连接大厅的那扇门。

"这整个过程只需要花费几秒钟的时间。"他说道,"而且,假设我是凶手:你们可以看到,我一推开花园门就能够看到这柄刀。如果我正想着要杀死谁,甚至连犹豫片刻的时间都没有……"他将一只樱桃放在那个位置上,然后一把将它拿起,象征性地放进自己的礼服口袋里,"这是个十分明显的位置——如果从外面进来的话……嗯,这两扇门开关的时候动静大吗?"

"那个……"尼古拉斯有些为难地说,"事实上,我们做事的时候一直都开着音乐……"他指了指厨师身旁的一台CD播放机。"这样比较能够舒缓压力——我们是在得知出事之后才关掉它的……"

"这是经由酒会主人同意的。"彼得赶紧补充道。

"音乐也使人放松警惕。"文泽尔笑着说,"还有什么值得注意的地方吗?"

尼古拉斯思考了片刻,对这位侦探说道:

"似乎有很简单的办法,可以证明是否曾有人从花园门那里通过。"他这样说,"但我需要一个亮一点的手电筒。"

"我可以帮您找一个。"尼古拉斯的助手说道,"我很快就回来。"

第 13 节　雷尼尔樱桃

　　为了不将可能的指纹破坏，文泽尔相当小心地打开了那扇通往花园的门。调酒师拿着手电先出去了，塔芙妮跟在后面。我们的侦探将那个垃圾桶取过来，抵在恰当的位置，以防止门自动合上——这样就不必再去碰外面的门把手了，也是为了保护线索。

　　典型的七月夜晚，天差不多刚刚黑透，温度也和屋里差不多，几乎没什么风。几株茂密高大的樱桃树将这扇门给包围了起来。您知道，那些树龄偏大的雷尼尔樱桃树都有着巨大的树冠，树叶和果实就像是天然的屋顶一样，能给花园带来不少闲暇舒适的阴凉。

　　塔芙妮数了数，周围有七八棵树的样子，分种在花园道的两侧，虽然树冠看上去有些缺乏打理，却并不显得有多杂乱。

　　"种在这里似乎正是为了方便厨房使用……"文泽尔说道。

　　"可惜杨梅和橙子在这里不宜生长，"尼古拉斯笑着说，"否则，约翰先生就会将这里开辟成果园了——他最喜欢新鲜的东西。"

　　"这似乎说明他是个喜新厌旧的人……"塔芙妮从花园道上捡起一颗樱桃——她发现很难走上花园道：尼古拉斯的电筒光线扫过的地方，到处都是熟透的紫红色樱桃，随便走几步就会踩到鞋上。塔芙妮不想弄脏自己的新高跟鞋，于是止住了脚步。

文泽尔却已经踩破了一个樱桃，脚下同时发出那种浆果被挤压破碎时的独特声音。尼古拉斯小心地用电筒照着地面，挑选出一个能够落脚的位置。

"和看到的一样，"调酒师说道，"如果有人打算从外面走进这个门，必定会踩到这些樱桃。"他用手电扫了扫四周的地面，"但这些樱桃都很完好。"他随手拾起一枚樱桃，将它丢进口中，"因此不会有人曾从这里走过。"

借着手电的光线，文泽尔观察了一下花园道四周：花园道是用瓷砖铺设成的，大小不一的菱形砖块组合成精巧的图案。道路的左右两侧是草坪，而且，落在草地上的樱桃更多些：再笨的犯人也不会选择从草上走过的，除了会弄得到处都是樱桃汁以外，还会留下脚印。

"确实，花园道上的樱桃应该是没被人踩过。"我们的侦探说道，"除了我脚下的这可怜家伙。"他转头问尼古拉斯："但是，难道这里一直都没有人走动吗？你们下午采樱桃的时候，不可能一个樱桃都踩不到。"

"管家盖格先叫人将花园道上的樱桃全部扫开了，扫到两侧的草地上，打算用作肥料……"这位调酒师解释道，"因此两边的樱桃比路上的要多得多——下午采完之后，路上本来是干净的。现在又落下来这么多……可惜了这么好的樱桃。您知道，晚熟雷尼尔是最好的品种之一：果实大、果核小、多产又抗裂果……如果不是新鲜食用的话，用来酿樱桃酒也是不错的选择。"

"多亏了这些树……"塔芙妮对我们的侦探说道，"这个线索让我们少走了不少的弯路呢！如果凶手不曾从花园道上走过，他要在洗手间里杀死西尔斯的话，就必须经过大厅——而大厅里的客人那么多,"这位侦探助手得意地说道,"总会找到一两个目击者的。如果罗特探长的手下仔细询问的话,大概很快就能够锁定凶手了。"

"从吸烟室的窗户翻出来也会踩到樱桃:我下午在那儿抽烟的时候,看得到窗外的樱桃树……"尼古拉斯补充道,"卫生间是封闭的,大厅里虽然有落地窗——但如果有人进出,必定会被人看见。"这位调酒师对自己的发现显得相当满意。

"很多人知道这里有樱桃树,不是吗?"文泽尔问。

"应该吧……约翰的这些樱桃树相当有名,如果是别墅常客的话,没有谁不知道的——这些可是酒会主人的炫耀资本之一。除此之外,还有那些惊人的龙舌兰收藏……"

文泽尔也拾起了一枚樱桃。他向尼古拉斯借过手电,仔细地查看起那枚樱桃,又用手电向四周扫了扫。他留意了一下花园门正上方的部分屋顶:那里同样设计成优雅的新哥特式,接近七十度的屋顶坡度,周围也没有任何可供攀扶的地方(这个小型尖顶周围甚至没有设置雨道)。此外,靠近别墅一侧的高大樱桃树也用交叉密集的树枝给这扇门的领空设置了天然屏障——要想从上面下来而不留下任何线索,几乎是不可能的。

"那里要等到白天才能检查……"文泽尔用手电的光线指了指花园门上的屋顶,"我倒宁愿相信,我们的凶手不会去冒从天而降的危险——因为我们已经找到了其他的路……"他将手上的那枚樱桃扔进嘴里。"好一个仓促的妙计!"

第 14 节　和奥古斯特的最后对话

"英斯已经来了？很好，先将血字的照片给他——如果他需要的话，派一个人带他到现场。告诉他我在这儿，"卡尔对进来的那位警员说道，"将这个交给他，他应该会需要的。"他将手边的两张客人名单递了出去。

"那么，奥古斯特·多纳多先生，对于今天发生的这一切，您有什么可说的吗？"

奥古斯特重重地吸了口烟，什么话都不说。谁都可以看出来，这位最重要的嫌疑人，他的样子憔悴、精神萎靡：和那些在短时间内受到很大打击的人所表现出来的一样。

"没有搜身，没有手铐，还有香烟和加冰的苏打水……"卡尔探长笑着说道，"并不是在所有地方都会有这么好的待遇的。"

奥古斯特依旧不说话。

"你从最开始就表现得像个嫌疑人，甚至酒会开始之前……邮差先生，你当然还记得你的那堆恐吓信。你要'在一个重要的日子杀了他们俩'，看起来，你的诺言已经兑现了……这么不明智的事情，就像是提前递上自己的认罪书一般。"

"我没有杀他们！"奥古斯特突然神经质地叫了一声，眼睛并不看着这位探长。他的身体在瑟瑟发抖，他又喊了一声：

"我没有杀他们!"

"那你就不该递出那些认罪书——那让我们不得不第一个怀疑到你。客人们也认为是你干的,他们觉得那是十分明显的事情……而你,你到现在为止所做的一切,也让我们觉得那就是你干的。虽然这些谋杀很冒失——你知道,他们俩如果死了,任谁都会第一个怀疑到你。我不知道你会用什么方式来脱罪:但是,如果真是你杀死了他们……这无疑是相当蠢的。"

"我不会杀死我的亲弟弟……"奥古斯特喃喃说道。

"听说你是一个虔诚的天主教徒,你反对同性恋和堕胎,不是吗?"

眼前人略微点了点头。

"而你的弟弟却是一个同性恋——这让他有了一个双重的身份,或许你杀死他的时候,他不是你的亲弟弟,而是一个可恶至极的同性恋……杀死约翰的时候也一样——'他们亵渎了这个世界的和谐',你或许会这样想。"

"我说过的,我没有杀任何人!!"奥古斯特抬起头,对着我们的黑人探长叫道——但他的声音并不自信,眼神刚和卡尔相遇,声音就软弱了下去。

"为什么偏要怀疑到我?就因为我是个忠诚的天主教徒,还有那些该死的恐吓信?"他用双手掩住自己的脸,头低下去,表情痛苦万分,手中的香烟掉到地上。

"你现在后悔了,不是吗?"卡尔拍了拍他的肩膀,用皮鞋将燃着的烟头踩熄。"但事情并不止那些——如果你愿意说明,你为什么去到主人的房间,和他进行过一番怎样的对话……假设普雷斯曼先生的证词是真实的,那么,你为什么会在出来的时候显得怒气万分?你究竟藏起了什么东西,是否确实是一张支票?"我们的黑人探长认真地说,"如果你继续保持沉默,事情的发展就会对你相当不利了。"

"让我好好想一想,可以吗?"奥古斯特求助般地看了一眼卡尔,"给我一点时间,让我仔细想想这整件事情……"

"这是你的权利。"卡尔对他微笑,起身走到休息室的门边,打算招呼那两个一直看着他的警员进来。

哪知道,就在这时候,坐在那里的奥古斯特突然冲了起来,拼命撞向休息室的那扇全封闭式落地窗——窗户被他撞得粉碎,他从那里逃了出去。

我们的黑人探长花了至少三秒钟的时间来接受这意想不到的突发事件,然后他打算马上追出去,却又被休息室中间的桌椅给阻碍了几秒钟。等到他踩在窗外草坪上的那些玻璃碴上时,奥古斯特已经不在视线内了。他立即转身对刚刚进来的两名警员喊道:

"快赶去正门!"我们的黑人探长说,"那是唯一的出口,他跑不了!"[1]

---

[1] 卡尔忽略花园处的后门,一是因为它离奥古斯特的逃跑处相当远,二是因为它平时都是锁住的——即便如此,现在那里也还是有人把守(参看第八节末尾的对话)。但大门因为客人和警方人员来往的需要,此刻却是敞开着的。

第15节 第三个死者

奥古斯特要绕很大一圈才能来到别墅的出口,比卡尔他们需要走的路程长得多。但由于大厅里还停留着很多客人,加上奥古斯特是提前数秒起跑——因此,这就好像是四百米栏和八百米跑的较量一般,各有各的优势。

当我们的黑人探长来到别墅正门的时候,正看到奥古斯特冲向别墅那敞开着的铁栅大门。几个保安和十分局警察也看到了他,但他们显然不知道到底发生了什么事情——因此也没有人想到要立即关门,更没人去拦住他,直到卡尔对着他们大叫。

"逮住他,那就是凶手!"他用最大的声音下达着命令,"关上大门!"

但显然已经晚了,邮差的脚力绝对不能小看——他从铁栅门边的那个保安身旁擦肩而过。一个警察拉下了门闸,铁门因此也才关上了一半。但奥古斯特已经出去了,在逃生的本能之下,他展现出令人难以想象的速度……他们想将他关在笼子里,结果却将自己给锁了起来。

"快把门打开!"卡尔显然气极了,"发动警车,通知区域内的交警分队,沿新路德维希大道方向……快快快!"

但这却是邮差先生最后的辉煌了,别墅门外不远处的公路上，一阵急促的刹车声结束了一切。

　　一辆迎面而来的沃尔沃将奥古斯特撞倒。他先是翻上了引擎盖，然后整个儿打在挡风玻璃上，玻璃碎了——也就在这时候，那可怜的司机踩下了刹车。奥古斯特被挡风玻璃弹开，一直摔到车前两三米的位置，打了几个滚，就停在车灯聚焦的光线里了。

　　他的骨头应该断了不少：因为，就连最精巧的木偶也很难做出那样的动作……右腿整个地断掉了，翻转出来的腿骨划破脆弱的皮肤、撕扯断一些碍事的肌肉和血管、突兀又诧异地暴露在灯光之下——那该是保险杠的杰作。胸腔左侧出人意料地鼓起，右侧却又塌陷下去——或许有人会因此误会他患了长期肺气肿：这些则应该归功于肋骨的重新排列，它们被迫承受了一些毁灭性的冲量——它们远大于这些骨头筑起的支撑物的负载极限。

　　这样的变形将那件衬衣给强行扯开，最上面的两枚扣子已经不见了。稍往下些的地方，一枚尚被扣线牵引着的扣子悬挂在那里，扣线上端和中间部分已经被血染成了红色。有一两滴血滴在那枚扣子上，让它如钟摆一般地摇晃起来……然后，更多的血滴在上面，扣线经不住重量，只好将那染血的扣子放掉——它落进不断扩张的血泊中，但没人看到那个瞬间，因此，也没人知道，是否它曾激起过小小的涟漪……①

　　这样重的伤也不曾让奥古斯特来得及呻吟一声，他或许是晕过去了，或许是死了——看样子，多半是死了，或者说，就在这几秒钟的时间里，奥古斯特·多纳多正在死去。

　　"听着！我什么都不知道……该死！"那司机从驾驶座上狼狈地爬出来，看着车灯聚焦下的鲜红色，以及围拢过来的那些保

---

①很显然，这段关于扣子的描写也有所指代。

安和警察，显得完完全全地手足无措——还好他系上了安全带，否则，紧急刹车的惯性也会将他从车里给抛出去。

"那家伙突然从侧面冲过来——他自己冲上来的，我刹了车，但好像是来不及了……"

"这不是你的错，是个意外……"卡尔看了一眼躺在地上的奥古斯特，"马上叫急救人员过来！"他对身旁的一名警员说道："就算他确实是罪犯，也不该就这样死去……"

"没有脉搏，呼吸、心跳停止。"一位急救人员脱下沾满血的手套，"左肺叶被刺穿多处，同时导致心脏受损，大动脉破裂——这是主要的死亡原因。"

"司机的笔录已经做好。交警队的人检查了轮胎痕迹——没有明显违章，但他肯定是超速了：这条路上是限速八十的。"一个警员向卡尔报告。

"那么，给他开一张传票，没什么其他事的话，用警车送他回去吧。"卡尔揉了揉自己的太阳穴，"派排障拖车过来将这辆沃尔沃拖走……另外，找两个人检查一下那具尸体，看看他有没有将什么东西藏起来。用剪刀将衣服剪开，小心取证！"

下达完这些指令之后，卡尔看着奥古斯特的尸体，不禁皱起了眉头。

"希望文泽尔的假设是错的……"他对自己这样说，"他的逃跑也是很合理的——如果没有这个意外，我们就要下达通缉令了。"

大约五分钟之后，负责检查尸体的警员呈交上一个证物袋——里面是一张十分干净的、有三道很明显折痕的支票：很明显，它曾经被人小心对折过两次。

"报告！这是从尸体左脚的皮鞋里发现的——他将它藏在鞋垫下面，因此没有沾上血迹。展开的时候很小心，不会损伤到指纹！"

卡尔接过证物袋——他看过支票上面的金额和签名，满意地笑了笑："这样，离合理的解释又近了一步。"

文泽尔他们听到消息，也从别墅里面出来了。这位侦探拦住刚刚向卡尔报告的那位警员，问他：

"还发现什么别的东西没有？他的身上是否带有钱包？"

"没有任何其他的东西……"那个警员说道，"甚至没有手机和钥匙。按照卡尔探长的要求，我们也询问过别墅的寄存处——他也没有在那里存下什么东西。"

"连个硬币都没有吗？"塔芙妮觉得很吃惊，"也没有车钥匙？那他怎么回去……"

"有人接他过来，自然有人送他回去。"埃玛·赫塞尔女士说道，"这么说，这个案子就这样结束了——真是可惜……"她的手上拿着第三杯自由古巴，而那杯酒也快见底了。"我还希望这个案子能够有些更曲折的进展呢！可现在……无聊得我还想再喝一杯。"她看看手中的杯子，叹口气，摇摇晃晃地向着别墅走去。

"没有钥匙说明有亲人在等他回家，"文泽尔略显惋惜地摇了摇头，"这可怜的人。"

"根据手头的资料显示，奥古斯特·多纳多先生并没有结婚。"卡尔拍了拍这位老友的肩膀，"但我们已经有了他的住址——帕克街41号602室，离动物园不远。我马上给二分局打个电话，让他们派人过去看看，说不定还会有些新的发现。"

"名单上的人已经集中到侧厅了，"刚刚过来的罗特探长说道，他看了一眼躺在地上的奥古斯特，"还需要进行问询吗？"

"当然！"卡尔看了一眼文泽尔。"为了案子能够顺利结束——除了现在在侧厅的客人之外，大厅的客人们已经可以放走了。"他对罗特说道。

"只是，还有一个问题……"罗特探长十分为难地说道，"那个'留红色长卷发的女人'，我们没有找到……很奇怪，我们的人没有放走她，她也不在大厅的客人们中间。"

"会不会是奥古斯特的诡计？"卡尔自言自语道，"他的身材很适合乔装成女人……"

"他有什么理由要掩人耳目呢？"塔芙妮问道。

"这要等我们问过侧厅里的客人们才知道。"文泽尔回答，"如果有人见到这位'红色长卷发'和奥古斯特一起出现，如果有人能够更具体地描述出这位女子的外貌，如果有人曾和她说过话……这样事情就好办得多了。"

"看看这张支票……"卡尔将那个证物袋递给文泽尔，"或许事情本就不那么麻烦。"

"或许依旧不简单……"

文泽尔接过那个袋子。

第16节　在侧厅里

"虽然他没有结婚,但他和一个年轻的俄罗斯女人同居。"埃玛女士拿起她的第四杯自由古巴。"你们该直接问问我的——这是个真实性颇高的传闻……噢,听说那个女人叫莎拉波娃,一个性感又常见的名字。"她喝了口酒,摇了摇头,"现在她该伤心了……"

"天主教徒不是反对未婚同居的吗?"塔芙妮有些吃惊,"而我还听说他是一个相当忠诚的传统教徒……"她看了一眼埃玛女士——因此我们知道她的消息来源于何处。

"爱情总是胜过一切的。"埃玛笑着解释道,"虔诚永远都是在惩罚别人的时候表现得最为彻底——这是很普遍的逻辑。"

"他的邮差事业似乎前景暗淡,"克卢先生面无表情地说道,"他去向约翰先生勒索一些钱——以他弟弟的事为要挟的理由,也不见得有多么奇怪……"

"我当时就确定那是张支票!"普雷斯曼说道——他也喝了不少酒,"现在不是也证实了。"他看了我们的黑人探长一眼。

卡尔对此感到很诧异,他有些生气地质问道:

"谁将这消息传出去的?"

他将目光投向埃玛女士——她是个聪明人,当然知道这目光的含义。

"呵,很多人都喜欢看热闹的……只怪你们的戒严工作做得不牢。"她略带讽刺地说道,"至少我,也可以为了拿一杯酒而自由进出,我可在一路上看到了不少的熟人——他们也都拿着酒杯……"

这理由合情合理,卡尔似乎是没话可说了。

但埃玛女士却不肯就此罢休,她接着说道:

"况且,他们也只是看到有张支票——那上面的金额,以及'约翰·贝恩斯'的漂亮签名,也还只是在他们的猜测中……而卡尔探长刚刚的肯定语气,倒正好中了普雷斯曼的圈套了。"

实际上,她也没有看到支票上的内容——她只是想借此对卡尔刚刚的目光展开报复。

卡尔听到这些,反而不再生气了。他笑着对埃玛女士说道:

"这确实是个精彩的圈套……下面该开始我们的问询了。"

现在在侧厅里的,有以下这么几位:

文泽尔、塔芙妮、艾米、卡尔探长、罗特探长——除了我们的女主播之外,这几位应该是理所当然的。

总局的笔迹鉴定专家英斯。

管家盖格,两个别墅保安和一位十分局探员——盖格先生在这里,可以方便询问和别墅相关的一些事情,留下的两位保安和探员一直负责客人们的问询,现在也负责进行相关的记录。

埃玛女士和她的丈夫——依旧躺在沙发上还没醒过来的路修斯先生。

海因纳、普雷斯曼和克卢·韦特——这三位上了年龄的人我们也很熟悉了。

除此之外，还有梅尔市的著名品酒师埃丝特（Esther）小姐、模型收藏家哈米斯（Hamish）、哈林（Hallin）上尉以及杂志模特珍妮（Jeannie）——他们都是酒会主人的朋友，或者朋友的朋友。

"留红色长卷发的女人"依旧缺席……

"那么，我很高兴在座各位可以配合我们的问询工作……"罗特探长这样说，"请容我先自我介绍一下，我是负责这个凶案现场的罗特·科克伦探长。"

"我们不都站着吗？"哈米斯先生有些不耐烦地嘀咕道。

"我向来讨厌形式主义的东西……"上尉哈林也对此感到不满，"我们已经做过登记了：名字、身份……没必要还要来一次自我介绍。"

"总不需要报上我们的年龄吧……有些东西可是职业机密。"珍妮小姐故作担心状地说道。

"有些职业机密是无须担心的……"埃玛小姐冷笑道。

"你这是什么意思？"珍妮转过脸来瞪了埃玛一眼。

"好了好了……"卡尔只好站出来平息可能引发的纷争，"我是总局的卡尔探长——除了几位必要人员之外，大家都是八点二十分之后一直到第一凶案现场被发现的这段时间里，曾经逗留在侧厅里的客人，换句话说，是这个案子的证人。"

"如果有问题的话，请最好快点问……"一直没说话的埃丝特小姐发言了，"我还要赶着回梅尔市呢——这个城市太乱了。"

这话招来了普雷斯曼的反对：

"乡村里的犯罪确实比城市里的要少……"

埃丝特小姐刚想反驳，我们的侦探制止了她。

"大家都想早点儿回家，"他笑着说，"因此，无谓的争吵最好尽力避免。"他对卡尔使了个眼神。"快点进入正题吧。"

"首先我要确定一下笔迹鉴定的结果——英斯，谈谈你对那两个血字的看法。"

"好的，卡尔。"英斯咳了两声，开始了他的发言，"首先我必须声明，那个血字并不是'SOLL'，但为了卡尔稍后的总结，我暂时不将这秘密点破……"

人群中传出一阵议论声。文泽尔笑了，卡尔对他努了努嘴——文泽尔不搭理他，开始看起被英斯放在一旁的客人名录和礼品清单来。

"按照字迹鉴定的结果来看，第一处血字可能是约翰·贝恩斯本人所写的。"英斯解释道，"请大家注意，我所说的'可能'，只存在一个保守的含义：即不能排除这个血字是由约翰所写的；同时，血字的笔迹和约翰习惯的书写上存在相似点。"英斯向大家展示了一下第一现场血字的现场照片。"可以看到，这个血字是由左手所书写的。但经由我们的调查，约翰·贝恩斯却是一个惯用右手者——不过，即便如此，一个人的惯用字体是不会变的，即使发生了明显的变形，也能够找到相似的地方。实际上，我们用笔书写东西，不过是将一个一个的单词从大脑的映像中照搬到纸面上来……当然，写单词的时候我们可以忽略掉这个过程，因为这个行为，对于被熟练训练过的大脑和惯用手来说，已经相当熟悉了。这些映像的表达甚至不用视力就可以办到……"他又展示了几张约翰本人的信函，"这些是从管家那里得到的、由死者所书写的书信——根据我们的要求，这些都是较近的书信版本，可以避免一个人字体的演变……"

"嘿！收件人是西尔斯！"埃玛看着其中一封信，像是发现了新大陆一般地叫道。

刚刚安静下来的众人又开始了议论，英斯赶紧将信件折起，管家颇具暗示性地咳嗽了两声。为了应付这场面，卡尔只好又站出来讲了两句。

"如果有必要，我们会提及这些信件的内容的，"他瞪了埃玛小姐一眼，"我们得一步一步来。"

人们终于再次安静下来。文泽尔从后面的一张桌子那边走过来，拿走了那些信件——他将它们一并放在那里，和客人名单上的签名进行对照。埃玛小姐可能是对信件内容更感兴趣，因此，拿上了她的自由古巴，到文泽尔身边去了。

"参考这些……字母的特征，以及行笔时的重点和习惯性的转折点，还有特征点之间的相对长度——死者惯用钢笔，因此，我们也能够得到行笔的轻重和笔迹滑过时的惯用角度等相关信息。根据我刚刚提到的说法，用手指写字和用笔写字在形式上是一样的；与此同时，用手指比用笔更容易展现出大脑所想要描绘出的映像，也可以消除因为非惯用手执笔的不熟练所导致的字体变形。所以，从和客人名单上签名的比照结果来看，我可以在此谨慎地给出一个结论——第一个血字，很有可能是约翰自己所写。"

"这是个谬论！"哈林上尉马上对他的话反驳道，"我是惯用右手者，但也曾试过用左手写字。如果不看着写的话，单词很容易重叠，而且写出来的东西完全不一样！不要拿是否用笔来愚弄人——我恰恰在沙盘上用手指写过字；即使是写一样的单词，得到的结果也大不相同。"这位上尉先生想了想，举出了一个很好的例子："比如写字母'O'，我用右手写出的是顺时针，但换到左手却是逆时针；左手的'W'和'V'则习惯反写……谁都可以试试看：原本从左往右的笔画，在换了左手之后全部是从右往左才好写——比如'E''F''T'……'H'甚至要用完全相反的方式才能写得顺手,这样如果还可以得到一样的笔迹,简直就是荒唐!"

"别激动,这位先生。"文泽尔将手上的书信放下,从桌子那边走了过来。"英斯只是为了我朋友之后的演讲进行铺垫。"他对尴尬万分的笔迹专家说道,"请权当听了一堂笔迹鉴定的基础讲座。"这位侦探摸了摸自己的下巴,"如果我可以给出一个假设的话——我知道这个假设不甚礼貌,"他看了一眼自己的探长朋友,"但我得说,其实英斯先生并没有确定那么多的笔迹——他只是试图证明第一个血字可能是约翰·贝恩斯所写的。"他拍了拍这位笔迹专家的肩膀,"我说得对吗?"

英斯艰难地点了点头,他想说什么,但却被我们的侦探阻止了:

"不用告诉我为什么,我的朋友。"他笑着说,"我知道——而我们的朋友卡尔当然也知道。"

卡尔只好无奈地耸了耸肩膀,对文泽尔说道:

"你当然清楚……或许你也可以将做出这个判断的推理过程向大家简要说明一下。"

"相当简单。"我们的侦探向众人解释道,"实际上,大家都很清楚:那两张客人名单上的名字,有很多是代签的——或许是为了回礼方便,在登记客人名字时也是按照男女来宾的名字分开记录。因此,绅士们在一张纸上签下自己的名字时,也不会忘记在另一张纸上签下自己女伴的名字——就好像我在签下自己的名字之后,也不忘在另一张纸上签下塔芙妮的名字一样。是这样吗,管家先生?"文泽尔最后向一旁的盖格先生询问道。

"确实如此。"管家盖格证实道,"给男士和女士的回礼当然也务求不同——这正是我们的细心安排……"

"因此，通过那两张客人名单确定全部客人的笔迹，是根本就无法实现的——而且，就算是仅确定一半数量的签名，也要花上相当长的时间。从凶案发生到现在，还不到两个小时，没有可能这么快得出比照结果。"

人群中开始发出不满的声音。

"无用的警察……"埃丝特小姐嘀咕道。

"这群废物到底是在干什么呢！"揭穿英斯的哈林上尉开始生气了。

"哈，精妙的表演！"埃玛开始使用她最拿手的讽刺语调。

"请大家安静！"文泽尔用很大的声音命令道——这方法很有用，大家一下子就安静了下来。

"我现在最后想问的一个问题是，"他对满脸难堪的英斯说，"第二个血字和第一个血字，是否出自同一人之手？"

"无法确定，那字体变形得太严重了。"这位专家沮丧地摇了摇头。

"那么原谅我再多问一个问题，"我们的侦探说道，"如果给你两封西尔斯所写的信件，你能否做出一些有用的比对？"

"我尽力。"

"好的。"文泽尔转头对站在一旁的管家盖格说道，"请立即取几封西尔斯寄给别墅主人的信件给英斯先生——能找到三封未寄出的信函，就肯定能找到三十封已拆封的信函。"

管家马上就去办这件事了。

第 17 节　德国之恋

"在 2006 年还使用书信方式联络的恋人……哈！真是难得。"埃玛女士笑道，同时喝了一口手中的自由古巴。

"或许他们习惯这种通信方式？"塔芙妮提出了一个假设。

"应该是的……"

说话的是老者海因纳——塔芙妮的假设很快就有了回应。

大家当然都在等待着海因纳先生的后文，老者犹豫了片刻，也就接着说下去了：

"我和这两个人很早就认识了，而且……也都还算比较熟——说实话，西尔斯认识约翰，还是我介绍的……"

众人发出一阵惊叹的声音。

"早在约翰出名之前，我就已经认识了他——他当时是一间小酒吧里的调酒师：皮娅芙（Piaf）酒吧，就在十一警察分局对面：应该有警官知道那里。"他看向在场的两位探长。

"我曾是十一分局探员的时候，"文泽尔回忆道，"那酒吧就在那里了——他们的龙舌兰酒相当有名……"

"这或许可以解释酒会主人收藏嗜好的由来……"卡尔给出了一个相当有趣的假设。

"我看重他的才能，通过一些关系，安排他到德国去学调酒和品酒——你们知道，世界最棒的调酒师在汉堡，世界最好的品酒师在柏林……"海因纳接着说道，"和那些自大的法国人和美国人没有一点关系。"

"那些品酒杂志上说的又是怎么一回事？"哈米斯先生好奇地问道，"您说的可和媒体上经常提到的大不相同。"

"自大的人都爱慕虚荣。"海因纳笑着说，"简单的道理。"

"请继续说下去。"文泽尔礼貌地提醒道。

"嗯……这两项高雅的技艺都需要时间，至少五年的时间用来观察和记忆，一生的时间用来领悟和创造。约翰离开自由意志市大概三年之后，我又认识了一个年轻人——虽然他现在也很年轻，但那时候还要年轻得多……"

"那当然就是西尔斯·多纳多！"塔芙妮又插嘴了——文泽尔瞪了她一眼，这个冒失的助手知道自己又犯错了，就冲着自己的老板吐了吐舌头，然后做了个将自己的口掩住的动作，代表自己不会再乱说话。

"没错，就是他……"或许是想到西尔斯和约翰都已经死去，海因纳重重地叹了口气，"由于家境的原因，他从六岁起就开始在阿克瓦维特（Akvavit）酒吧里帮工——而那间酒吧正是那位天才的比托姆（Bytom）经营的；杂志常将他比作'本市酒界的尼采'——你们当然知道这称号意味着什么。西尔斯从小就熟记各式各样的酒名和产地，尝遍世界各地的琼浆和玉液，精通各式鸡尾酒的调法和讲究……到我遇见他时，他已经在那酒吧里干了整整十年！独身的比托姆甚至都打算将那酒吧过继给他！那是换谁都愿意的：理所当然，他有着不下于约翰的天才，不夸张地说，他是我所见过的、最具有天赋的孩子：一个神童！"

"有那么夸张吗？"艾米对此感到相当怀疑，"他给我的第一印象，不过是一个冒失内向的年轻人而已。"

"因此这里面必有隐情……"埃玛女士得意地解释道，"我最喜欢听这样的故事。"

"说实话，我有些后悔将约翰送到德国去——我一遇到西尔斯就开始后悔。你们知道，那些大师是从不肯轻易传授他们穷尽一生所得来的经验和知识的，我将约翰带到他们身边，就已经用光了我和他们的全部交情。而现在，自己种的苦果就得自己去品尝了……"

"那么就将西尔斯交给约翰……唯一的好办法。"这次插嘴的是珍妮小姐——还好她只说了这一句话。

"一个折中的办法……我花了很大的力气说服比托姆，让他同意西尔斯到德国去学习。然后，我给了西尔斯约翰在波茨坦的地址，又提前给约翰打了好几通电话，还特别交付了一封亲笔信给西尔斯：信里反复嘱咐，让约翰好好照顾西尔斯，并且要他找个机会将西尔斯介绍给那两位大师——如果能让他们见到西尔斯异于常人的天赋，他们兴许会破格收下这个资质非凡的徒弟……"

"那奥古斯特呢？他难道没有阻挠什么吗——可是他的亲弟弟呢！"塔芙妮又插嘴了——这改不了的坏习惯，文泽尔都懒得再去瞪她了，只是对她笑了笑。

塔芙妮连忙又捂住了嘴。

"那人根本就不应该被称作'哥哥'的！"海因纳有些气愤地说道，"起初他倒好像是很不愿意让他走——不过，我只是给了他一小笔钱，就马上将他给打发了。他们兄弟的父母死得很早，各自有各自的谋生行当。但实际上，西尔斯在酒吧里赚的钱，全部都划到他哥哥的账上……西尔斯十六岁的时候，每个月已经挣得不少了,可却连一件像样的换洗衣服都没有:他唯一的那件过冬外套,还是比托姆在他十四岁生日的时候送给他的。那个葛朗台式的邮差,我从没见过那样的人……"

"这么说,西尔斯就是葛朗台老爷手下的欧也妮了……"埃玛女士喝了口酒,"老套的巴尔扎克式悲剧……或者说,人间喜剧,啧啧!"

没人对此评价做出什么反应,海因纳接着说了下去:

"但大师们终究没有再收徒弟——我不知道这其中是否有什么内情。约翰给西尔斯安排了一个酒吧的工作,据说经营者是那位汉堡人的有名徒弟;约翰对此语焉不详,我虽然感到万分遗憾,却也没有去深究……然后,我忙着和身边这两位朋友在帕斯图尔庄园附近筹办一座新的酒庄,就没再管他们的事情了。"说着他指了指身旁的普雷斯曼和克卢。

"就连他们相恋了也不知道吗?"埃丝特小姐问道——她似乎已经忘记之前提到的、要赶回梅尔市的那档事了,看起来,海因纳的这个故事还是颇具吸引力的。

"我是事后才知道的,"海因纳痛苦地摇摇头,"约翰也真是个天才——他在第五年就回来了,用了比平常人少得多的时间。归来之初,为了进入酒界的上层,他经常来拜访我。我在帮他建立人际关系网的同时,或多或少也得知了一些西尔斯的近况。他说他和西尔斯保持着书信联系,我就问到西尔斯的地址,抽了个空,给他写了封信。"

老者说得有些口干,艾米从取酒台上给他拿了一杯苏打水过来,他喝了一口,对艾米说了声谢谢。

"……西尔斯不久就给我回信了。他在信里告诉了我他和约翰交往的事情——我很震惊。你们知道,我是新教徒,但我一向不认为自己是个保守的人；而这个消息让我知道，我错了……"他又喝了一口水，"出于责任，我写了回信，信中极力反对他们继续交往下去。但西尔斯却不再给我写信。我生气地找到约翰，劝告他，威胁他，让他放弃西尔斯——但他却高傲地拒绝了我……那傲慢的态度让我震惊，我毫不犹豫地终止了我对他的帮助。这事情给我的打击很大，为此，我有将近五年的时间没和他们俩联系。在那之后，即使看到有天赋的孩子，也只是选择默默离开……"

"但你后来又找到他，是因为你们的酒庄？"卡尔提出了这个令人尴尬的问题，"就和奥古斯特说的一样？"

"没错……连续两年的坏收成，加上经营不善，我们急需一笔钱来周转——那个贷款数目虽然不是太多，却需要社会名流的联名担保。"

"您原来的那些关系呢？"塔芙妮好奇地问。

"早已经变成约翰的了，"海因纳无可奈何地摇了摇头，"由于我公开的敌对态度，他们被迫在我和他之间做出选择——如你们所看到的，约翰在这几年里取得了多么大的成功……可谁又会同情我这个投资失败的老头子呢？结果，到了现在，为了得到我以前朋友的支持，我又必须想办法和约翰·贝恩斯复合……多么无情的讽刺！"

老者身旁的普雷斯曼和克卢也开始连声叹气——这确实是两位忠心的朋友。

"'敌人的朋友，也就是我的敌人'——这种过时的交际手段确实很残酷……"埃玛看完那些信，又拿起一杯自由古巴——她的第五杯。

"我爱死自由古巴了！"她用带着醉意的声音称赞道，"尼古拉斯先生就只有自由古巴调得最好……"

因此,似乎不得不收回曾经说过的、认为埃玛·赫塞尔女士在酒精摄取方面表现得相当节制的评价……

第18节 现场重演

"那么,西尔斯呢?"卡尔问道,"难道直到今天的酒会为止,你就再没有见过他吗?"

"正是如此,除了一些道听途说的消息——他是去年初才回来的,然后,好像是先回了阿克瓦维特……但比托姆已经死了,没人打算收留他。他好像是和约翰在一起住过一段时间,具体的,关于他们最近不和的消息,我并不是太清楚……"

"这个我比较清楚……"半醉的埃玛得意地笑着,用醉酒者的口吻接着说道,"根据我所掌握的情报,西尔斯——他先是打算自力更生,但却没人愿意请他:据说,他在德国那边学到的酒吧功夫,在这边完全不实用。品酒的技能,应该是由于全无名气,又没有丝毫的社会关系,也不可能得到什么发挥……有人说他的水平很一般,哈,我猜,他这许多年里除了忙着和约翰谈情说爱之外,什么也没学到,甚至原来的技术也忘得差不多了——本来是个神童,却完完全全地被毁掉了……哈哈。"(如果埃玛小姐能够这样说——那么,我会让她使用"伤仲永式的遗憾"来评价[笑]。)

听到这些,海因纳痛苦地低下了头。为了防止这位醉酒的女士再说出什么不该说的话来,老者一旁的普雷斯曼赶紧对她喊道：

"埃玛·赫塞尔，你喝醉了，到你丈夫身边躺一下吧！我和克卢搀着你……"

这本来是出于好意的话语，却被这位已经有些恍惚的女士听成了讽刺。

"我醉了？哈，你们不要说笑了，喝自由古巴很难醉倒的……"说着她又喝了一口，"况且，我的话还没说完呢！……约翰方面，他先是将他的这位老相好安置在家里——但你们知道，他们分开过一段时间……男人，尤其是约翰这种人：他天生具有种种令人讨厌的性格！善变和背叛就是数得出的两种——在西尔斯不在身边的那几年里，据说，他缠上了一个男模……唏，没准还有几个自以为是的女模……"她将别有深意的目光投向站在一旁的珍妮，嘴角扬起一丝轻蔑的笑意。

"你……你在胡说些什么！我可没和那死人怎么样！！"这位漂亮的模特赶忙辩解道。

可惜，这种心虚的辩解只能是越描越黑……还好，话题并不选择在此停留。

"但那虚伪的责任心，让他还得做些什么……"埃玛就当珍妮从没说过话一般，继续说了下去，"他并没有和西尔斯正式分手，据我所知的，甚至直到今天都还没有……"

"说不定，他们今天正打算分手……"塔芙妮说道。

"但奥古斯特却破坏了一切！"我们的黑人探长说道，"这个狠心的哥哥……"

"故事时间结束！"文泽尔将埃玛女士的那杯酒拿开，递给她一杯苏打水——她嘀咕着，却老实地喝了一口水，"我们可以聊聊今天发生的事情了吗？"

"就快点问吧……"埃丝特小姐看了看表,有些吃惊地嚷道,"都已经耽搁这么长时间了!"

"好的……有谁看到一位'留红色长卷发的女人'了吗?"文泽尔问道。

"噢,那个描述是我给出的。"哈林上尉举了举手,"我看到她站在靠窗的地方,一个人——于是我就过去和她打招呼,但是她并不怎么搭理我,我只好离开,开始和哈米斯先生聊天。"

"我们都对军事方面的话题感兴趣,所以谈得很投缘。"哈米斯补充道。

"窗口,朝哪个方向的窗口?是向着大门方向,还是可以出到花园这边的?"文泽尔指了指两侧的窗口。

"花园这边。"上尉立即给出了回答。

"而我也曾在签名处看到过这样一个人……"普雷斯曼回忆道,"她好像是和西尔斯一起来的,当时他们正在签名,就在我前面。"

"海因纳先生竟然没有和西尔斯打招呼……"塔芙妮说道,"这似乎有点奇怪——即使很长时间刻意不联系,但在正式场合偶然相遇,出于礼貌,还是应该会打个招呼的吧?"

"我和克卢是后来的——今天酒庄里还有些事要处理,所以六点多钟才到。"

"酒庄没有星期天吗?"艾米感叹道,"这可是个新闻的好题材……"

"那么那就是西尔斯新交的女朋友……"埃玛喝了一口苏打水,皱了皱眉头,"听说是一位漂亮的德国女孩,而且,很年轻……都说是般配的一对,实在是可惜了……"

"有人能提供她逗留的时间线索吗?片段也行……"文泽尔

继续问道。

"我是在大概八点钟的时候看到她的,那时候教堂的钟响了。"上尉回忆道,"那之后,嗯……在你们发现约翰出事了之后,我和哈米斯过去看了一会儿,想去拿杯酒的时候,看到她也在稍远点的地方看着,样子似乎有些焦虑……"

"时间呢?"

"大概九点过一点,教堂钟刚刚敲完不久——过五分钟左右吧,我想。"

"之后呢?"

"之后就没有了,对了,我问过她的名字——她说她叫雅玟·布兰琪(Arwen Blanchett),一个很好听的名字。"

"就是这个名字!"埃玛小姐十分肯定地说道,"这就是传闻中西尔斯的女朋友。"

"我没见过这个雅玟……"珍妮说道,"这很显然,我一直面向着正对别墅大门的方向,又恰好是在窗口边上,正好和上尉说的地方相反——就算那儿有人在,我也不可能看到。"

"那么,珍妮小姐的聊天对象,就只能是埃丝特小姐了。"文泽尔将目光移向一旁的埃丝特,"除非我们还遗漏了一些人。"

"没错,和珍妮聊天的是我……"这位来自外市的女品酒师低着头答道。

"那么,靠花园的窗户那边究竟发生了些什么事,你应该看得很清楚了。"文泽尔说。

"事实上……"埃丝特有些为难地解释道,"我是个近视眼,而我已经将我的眼镜放在手袋里,留在寄存处了——我认为酒会上没有要用到良好视力的地方。"

"你不需要去寻找某人,然后去和他聊天吗?"塔芙妮奇怪地问道。

"一向都是别人找到我。"

"你不戴隐形眼镜吗?"艾米揉了揉自己的眼睛,"它们其实很方便……"

"我对那东西过敏,曾经试过,但怎么样都无法习惯。"

"无论如何,能站到你当时和珍妮聊天的地方去吗?"文泽尔显然是打算重演现场。

"当然。"

十几秒钟之后,埃丝特走到了她在案发前和珍妮聊天时所站的那个位置。

"很好。回想你当时的心情,想象珍妮小姐就在你的面前,你看着她的脸,或者在说些什么,或者正注意听着对方的谈话——不要刻意将注意力集中在这个方向……当然,如果你当时一直就将注意力集中在这里、谈话之外,那当然是最好……"

众人发出一阵笑声,珍妮有些恼怒地看着我们的侦探——不过,他似乎并没有发觉:

"准备好了吗?"他问埃丝特小姐。

"我想是的……"她回答道。

文泽尔转头对一旁无所事事的罗特探长小声说道:

"现在,你从那个开着的窗户走出去,动作慢一点。"

罗特照做了。

"埃丝特小姐,你注意到有人出去了吗?"

"完全没有!"她回答道。

"那么,现在集中注意力,盯着那扇窗户,再看一次。"

然后,这位侦探故意对着窗外大喊:

"塔芙妮,你可以进来了!"

不明就里的罗特探进头来,离那扇门很近的哈林上尉往前走了两步,硬是将他给拽了进来。

"你看到塔芙妮进来了吗?"文泽尔问埃丝特。

"隐隐约约看得到。嗯,看得见是……塔芙妮小姐,"埃丝特认真地回答道,"似乎有人拉了她一把。"

"那么,拉她的又是谁呢?"文泽尔接着问。

"那人的动作太快了,没来得及看清楚。"

"好了,你可以回来了。"

塔芙妮悄悄走到她老板的身后,狠狠地掐了他一把。

在场众人都笑了,只有刚刚过来的埃丝特还蒙在鼓里:

"你们在笑什么?"

"没什么……"文泽尔解释道,"我只是在向大家强调——保护视力是相当重要的。"

听到这话,大家又笑起来了。

这时管家盖格刚好回来,他将一整箱的信件递到英斯的面前。

"西尔斯所写的信件的话,暂时只能找到这些。"他在众人的惊叹声中这样说,"在杂物间里可能还有一些——但现在没法找,如果需要的话,可能要等到明天天亮才行。"

"这些就够了,"目瞪口呆的英斯接过箱子——那重量几乎要将他压倒,"说实话,好像是有些太多了……"

"足够建立一个'西尔斯·多纳多学派'了。"塔芙妮打趣道。

管家盖格却似乎是发现了什么,他走到那扇落地窗旁边,撩起地上窗帘的一角,有些抱怨地自言自语道:

"啧,这里竟然会丢着一只厨房用的塑料碗,这样的疏忽……我这就将它给拿回去。"他伸手要将它拿起来。

"可千万别!"文泽尔赶紧过去拦住了他,"我一直都在找这个东西呢!"

卡尔走了过去,看了一眼那只颇大的空塑料碗,有些疑惑地问道:

"这上面有什么重要线索吗?"

"先派人过来取指纹吧!"文泽尔这样回答他的朋友,"等到你需要这个线索的时候,我自然会将它给说出来的。"

(这种厨房用的大型塑料碗,在欧洲的家庭中十分常见,经常在拌沙拉的时候使用。一次拌好的沙拉分量很大,够七八个人吃的。)

他狡猾地笑了笑,塔芙妮也跟着笑了笑。

他们都知道这是怎么一回事了。

第 19 节　时间问题

"我们都知道致酒式是在九点。"艾米说道。

"而你们说要过去的时候,则是八点五十二分,"埃玛小姐提示道,"我当时恰好看了表。"

"然后西尔斯冲过来,险些撞倒艾米……"塔芙妮回忆道,"我们于是又耽搁了一下。"

"因此,过去的时间应该是在八点五十三左右——也就是说,大概五十五分时进入主人房间,而那时约翰就已经遇害了。"我们的侦探说道。

"我们在到达凶案现场的时候都习惯看表……之前,文泽尔从约翰房间出来的时间,按照他本人的说法,是在八点二十分左右——可能还要稍微晚一点……"卡尔说道,"因此,约翰是在八点二十分到五十四分之间遇害的。"

"为什么不是到五十五分?"

罗特探长又开始提愚蠢问题了。

"因为我和卡尔的视力都足够好,"文泽尔解释道,"我们在八点五十四分时打开了侧厅的门,朝着主人房间的方向走去——我们看着那扇门,那扇门没有开过;而且,根据之前的总结,不可能会有人从门之外的地方出来……因此,应该不用再解释些什么了。"

"大厅那边的侧厅门旁挂有一只漂亮的布谷鸟钟,我们都看到了那时间……因此,至少在那一分钟的时间里——那是个完美的密室……"卡尔感叹道,"其实,时间应该再稍微提前一点:按照约翰的死因,在一分钟之内不会死得如此彻底。"

"直到大概八点四十分,我才从路修斯先生那里脱身。"我们的侦探回忆道,"那期间不可能有人从花园道绕到大厅——除了我和路修斯,至少在我们附近,没有任何人。"

"有人注意到,在那期间有什么人从侧厅门前往大厅吗?"卡尔问。

大家不约而同地摇摇头,但那位一直记录的探员却说话了:

"根据大厅客人的问询记录,在八点四十五分左右,曾看到奥古斯特·多纳多通过侧厅门来到大厅。"

"之后呢,他接下来去了哪里?"

"有两位客人和一位保安可以证实,他往洗手间方向去了……但具体是否进入,我们却没有得到任何的证词。"

"这当然是条最好的线索!"罗特探长对卡尔说道,卡尔只是笑了笑,并没说些什么。

"有人能证明他是原路返回的吗?"文泽尔问。

"两个证人,九点过五分,看到他通过同一扇门返回侧厅。"

"表情呢?有没有什么引人注意的地方?"

"没有人注意到。"

"西尔斯的通过时间有人看到吗?"

"是大概五十一分,三个证人——因为那只布谷鸟钟,时间都相当准确。然后他就前往了卫生间那边,和奥古斯特的情况类似,同一个保安证实了这一点。"

"这个保安是否就是守在左下角过道口的那一个?"塔芙妮问道,"我和埃玛女士都看到他了。"

"这么说来,如果有人进出大厅的落地窗的话,那个保安都可以看到?"文泽尔问道,"那么,他看到有人从大厅的落地窗出去吗?"

"没有!"那个探员查看了一下他手头的资料,"八点半之前有两个女宾出去吹了吹风,一会儿就进来了。然后就没有人出去了。"

"那个保安能看到窗外的花园道吗?"

探员又查了一下资料。

"根据他的证词,他是站在墙边的——从他的角度只能勉强看到是否有人进出,看不到窗外的任何东西。"

文泽尔又从那扇开着的落地窗向外看了一眼——花园高高的草墙和墙外更高的法国梧桐将夜幕包裹得严严实实。他知道,从大厅看去也是一样的风景。这么说来,即使天还没有黑透,而有人又在花园道上行走,在屋子里喝酒聊天的那帮客人,如果不是特别留心的话,也很难透过落地窗玻璃看见些什么——就像他之前从主人房间的落地窗向外望去一样。

不过,现在至少也证明那些曾在侦探想象中出现过的法国梧桐,实际上是确实存在的……

"在大厅里,有没有哪几位客人站在靠近花园这边的落地窗边聊天呢?"为了保险起见,文泽尔还是多问了一句。

那个探员翻过几页资料纸,在认真核实过之后,回答道:

"没有……因为那边太黑了,在傍晚之后就没有什么可看的了——而大门这边的室外灯饰却很漂亮:这是客人们自己说的。"

"那些是为了今天的酒会,提前一个月就布置好了的。"管家盖格补充道,"约翰先生请了欧洲最有名的室外灯饰设计专家,以及要求最严格的施工队伍完成了这组独一无二的灯饰——不仅如此,本来预定在今晚酒会气氛最热烈的时候,会安排从灯饰中放出精心准备的焰火,以之将整个酒会推向高潮,只可惜……"

"感谢这些美丽的灯饰……但对案子而言,更应该感谢的是那座布谷鸟钟!"为了避免面前的管家先生再次偏离主题,我们的卡尔探长赶紧站出来,对大家说道,"这里还有最后的几个问题。"

已经相当疲惫的那几位客人,听到卡尔的这句话之后,又显得稍微精神了些。

"在普雷斯曼先生之后——也就是大概八点半钟之后,一直到八点四十五分为止,有没有哪位看到奥古斯特再次进入主人房间,或者,从那里面出来呢?"

大家都摇头,普雷斯曼回忆了一下,说道:

"在我看到那家伙出来之后,过了大约十分钟……也就在文泽尔先生离开侧厅之后,为了避开喝醉了的路修斯,我们来到埃丝特小姐她们这边——当时我特别留意了一下:奥古斯特就一直徘徊在主人房间的外面,选择了一个人们很难看到的角落,似乎是在等待着什么,看样子十分焦急。"

"这段叙述似乎有不少的主观因素在里面呢……"半天没说话的埃玛终于逮住了一个机会,为普雷斯曼的证词给出了一个稍显刻薄的评价。

"那之前呢?主人房间有没有人进出过?"文泽尔问道,"我知道,你当时站在你们三人中、唯一能够观察到主人房间出口的位置。"

"没有留意,我中途去取了一杯酒……"普雷斯曼回忆着当时的情景,"应该是没有人再从那里出入了——不过,我也没有太留意那里。"

"取酒的时间呢?"文泽尔看了一眼侧厅里的取酒台——它被放在偏向正门那边的位置,离他们现在所站的地方有些远。

"……具体的时间我也不清楚,但就在路修斯向海因纳先生挑衅之后——我感到生气,一口就将手中的大半杯酒给喝完了,因此不得不再过去取一杯。"普雷斯曼回忆道。

"在你看到奥古斯特出来之前吗?"

"在那之后,而且,和那个时间点隔得稍微有些远——但又不是太远……"

"也就是八点半钟之后——能假设是在八点三十五分吗?"

"大概吧……"普雷斯曼不太确定地回答道。

"那么,"文泽尔接着问,"你们之后站在哪里?"

"我们都看着窗外,"海因纳指了指靠近别墅大门的那排落地窗,"我们总算找到了一个相对安静的地方,和一些很精彩的话题,因而再也无暇顾及花园这边发生些什么了。"

普雷斯曼和克卢也点了点头。

"很好!"他转头问哈林上尉和哈米斯,"你们当时站在哪里?"

"我们坐着,"哈米斯回答道,"就在那个沙发那儿。"

他指向离珍妮和埃丝特聊天处不远的一个地方,那里有一个双人沙发放在窗边,坐在上面能从很好的角度观赏窗外的漂亮灯饰。

"我的心脏不太好,"哈米斯解释道,"所以习惯坐着。"

"因此也就培养出了制作模型的嗜好——那可是一项'坐在沙发上的运动'呢!"埃玛不失时机地对这位胖先生的爱好表示

了讥讽。

"我的爱好是收藏!"哈米斯抗议道。

"嘀!那这种单纯买入卖出的爱好有什么意思呢?"埃玛毫不示弱地回应道。

"醉酒的女人真是不可理喻!"哈米斯生气地摇了摇头,小声地抱怨了一句,不再说什么了。

埃玛则笑着拿起了自己的那杯苏打水。

"……而这两位女士应该也在无意中留意到这两位坐着聊天的男士了,"在短暂的沉默之后,文泽尔转头问珍妮和埃丝特,"你们彼此间相隔那么近。"

她们点点头。

文泽尔又问那个负责记录的探员:

"有人看到留红色长卷发的雅玟从侧厅门来到大厅吗?"

"似乎是没有,"探员仔细地翻阅了手上的资料,"除了埃玛女士和珍妮小姐曾经出来过之外,没有其他女士的记录——埃玛女士出来的时间是大约八点半,珍妮小姐八点五分出去过一次,十二分的时候回了侧厅。至于艾米小姐,是同卡尔探长和您一道进去的,有很多证人。至于案发之后的进出情况,我们没有进行询问,也就没有相关的记录。"

"卫生间的案子让大厅整个都变得乱糟糟的,大家都想到现场去看看究竟发生了什么事情,也就没有人去关心侧厅门这边的动静了……"塔芙妮述说着当时的情景,"因此,即便进行了询问,应该也得不到什么有用的线索。"

"……珍妮小姐出去干什么?"罗特探长颇为好奇地问道。

好几个人听到这问题都叹了口气。埃玛却又笑了,她打趣般地替珍妮回答了这个问题。

"喝了太多各类饮品之后都会做的事情……"她故意喝了一口手上的苏打水,"我现在也有点想去了。还要绕到外面去,真是麻烦……"①

"我……只是去补妆而已!"珍妮红着脸争辩道,"我对埃丝特也是这么说的。"

"行了,这位小姐只是去补妆……"文泽尔咳嗽了一声,"看来我们现在恐怕有必要等路修斯先生醒来——最重要的线索,很可能就掌握在这位正在酣睡的先生的口中。"

众人发出一阵不满的声音,埃玛大笑了起来,然后一本正经地说道:

"我的侦探先生,您以为他那时候还能分清落地窗与人之间的区别吗?"

卡尔的脸上也开始有些挂不住了,他走到文泽尔身边,拍了拍他的肩膀,小声说道:

"伙计,我可不能食言——你的问题有些太多了,而且,似乎并不怎么有用。你知道,这整个案子已经很清楚了……"

文泽尔也不管这位黑人探长愿不愿意——他的话还没说完,就一把拽住他,一直将他拽到主人房间里:那个第一现场。

房门关上了。

众人都被这意外给惊呆了,本来格外嘈杂的侧厅,一下子就变得安静极了。

只有路修斯·赫塞尔的鼾声,还在均匀、和谐地响着,仿佛企图唤起众人对这位到现在为止还一直在酣睡着的、穿着体面的先生的注意。

---

①因为客用卫生间已经作为第二现场,现在客人们要使用卫生间的话,就只能从别墅里出去,到车库后面那座两联式建筑里面解决了。

"这可真滑稽!"埃玛女士干笑了一声。

她悄悄将自己的那杯自由古巴给换了回来……

第 20 节　朋友的争执

"你这到底是要干什么?"卡尔挣脱文泽尔的手,显然是十分生气地对他叫道,"你这家伙是疯了吗?"

"你忘了雅玟·布兰琪!"文泽尔的声音也很生气——和刚刚在侧厅里时完全不同。他看了一眼约翰刚刚在的位置:尸体已经不在那儿了,只有一个用白色线围成的人形,旁边放着几个标有数字的立牌,和一个可能是被哪个粗心的警员忘在那儿的、一柄现场拍照时用的比例参考尺。

看守现场的一个警员已经知趣地退出去了,门也被他小心关上。

"她不重要,"卡尔的声音稍微缓和了些,"你想想看,她可能是因为得知了西尔斯的死讯,情绪不稳地离开了别墅。她……可能碰巧没有被我们的人看到——她就那样离开了,找个地方冷静去了。我的朋友,现在的女孩子可不会那么脆弱——她应该是不会自杀的……"

"你根本不懂我的意思,"文泽尔重重地叹了口气问道,"你认为谁是凶手?"

"已经死去的奥古斯特。"卡尔立即回答道,"这是唯一的可能。"

"我就知道你会这么想……"我们的侦探摇了摇头,"听我说,卡尔,现在最关键的是找到雅玟,否则,你只会错得更远的。"

"我错了?哈……"卡尔有些不可置信地摇摇头,看了一眼约翰的酒柜,"我已经得到了最合理的解释,你竟然会这么说,实在可笑……"他从窗帘缝中看了一眼外面的花园——那里漆黑一片,什么都看不见。

"你得到的只是表象,是故意留下的陷阱——凶手正打算那样来迷惑你的,"文泽尔解释道,"甚至,有些地方连凶手自己都不知道……"

"哼……你不要总是以为你比我高明些,"卡尔嘀咕道,"你的心里肯定这么想——'卡尔那家伙又错了',我说得没错吧?"这位探长冷笑道。

"我从来都没有这样想过!"文泽尔对卡尔的说法感到吃惊——他从没想过这位朋友会这样说,"卡尔,我一向都是只看重证据的,你又不是不知道……"

他想了想,接着说道:"我只是认为你这次做得有些武断了……"

"武断?你竟然说我武断……"卡尔粗暴地打断了他的朋友,"你又不是第一天认识我……"

"我知道你讨厌这个词——是的,你曾为臆断和武断付出过不小的代价。积格勒对我说过这些,早在捷尔特博士的那个案子里,他就对我说过——你是一个讲求十足证据的人。"文泽尔试着平息这位好友的愤怒,"可能今天你有些喝多了,才会如此草率地下决定……"[1]

---

[1] 关于这段话的引用出处,请参考《千岁兰》(新星出版社,2020.12)。

"喝多了？哼，好啊……大侦探文泽尔，你倒告诉我，我究竟是什么地方做错了？我的哪一点决定显得草率了？"卡尔有些赌气地说道。

"你应该等待现场指纹报告的结果，等待正确的笔迹鉴定总结而非仅仅去相信一个经验性判断；应该详细调查凶器的来源，进行路径重现并扫除可能的陷阱；应该首先关注失踪的人，不给可能发生的意外以任何机会；应该着重分析重要嫌疑人之间的关系、调查他们的背景并列出几种可能性。不应该通过假设去找寻线索而不去考察这个假设的真实性；不应该过早地得出结论；不应该站在一两个地方空想；不应该去逼迫奥古斯特·多纳多……"

"你是说我害死了奥古斯特？啧，如果他不是凶手的话，根本就没有必要逃跑。"

"你没有好好去体会一下他当时的心情……想想看，他的亲弟弟刚刚被人杀死了，他被警方当作最重要的嫌疑人，他的那张支票还藏在鞋底，一切都对他相当不利……他知道：大家都认定他是凶手，那让他担惊受怕，让他下定决心冲向那块玻璃……"

"够了！"卡尔简直是气极了，"我今天的好心情可是一点都不剩了——为什么你总习惯去教导别人应该怎么做？我应该怎样，我不应该怎样……我当探长的时间可不比你开侦探社的时间短！你根本没有资格对我那样说！！"

"我知道你的推理，你可以现在就将它们说出来——然后，我再告诉你是因为怎样微小的证据，让你的推理变得全盘错误……"我们的侦探并不理会卡尔的责难，依旧试图用自己的方式和这位老友和解，"我的朋友，我宁愿相信是酒精刺激了你的情绪，让你变成了现在这个样子……"

"哼，笑话——我倒再说一句实话：是酒精让我敢于将自己真正的想法讲出来。"卡尔似乎是犹豫了一下，顿了顿，然后又用最大的声音说道，"好吧，我承认——我讨厌大胆的假设，正如讨厌你这个人一样！"他转身去开主人房间的门。"我这就叫大家进来，告诉他们我所知道的真相——而那就是已经发生了的事情：唯一的解释，而并非你所提出的那些奇思异想……没有根据的奇思异想：虽然我也不知道你到底在想些什么，简直荒唐！！"

这位黑人探长将门打开，对着侧厅外的众人喊道：

"请大家进来，我们刚刚讨论了一下，决定将案件的真相公布出来。"

他略微挤出一丝喜悦的声音："这个案子已经圆满解决了！"

刚刚听见主人房间里的争吵声音，正不知应该做些什么的众人，听到卡尔的好消息，气氛一下子就活跃起来了。

他们相继走进了主人房间，塔芙妮担心地看了一眼自己的老板。

文泽尔向她微笑，但她一眼就看出来——那笑容很勉强。

不用多说什么，塔芙妮走到他的身边，悄悄握住了他的手。

艾米躲在一旁偷笑：她知道，这位下午茶密友的脸一定又红了。

埃玛女士是最后进去的——因此，她没看见这一幕。

相当幸运。

第 21 节　卡尔的案件重现

"因此,女士们先生们,为了一些无谓的原因,我们已经耽搁了很长的时间。"卡尔匆匆扫了在场众人一眼,却故意不看文泽尔,"我——卡尔·诺纳探长,现在正试着要将全部的事实展现在你们眼前。"

"那样就是最好,但愿还能赶得上末班车……"埃丝特嘀咕道。

"期待着您的表现,探长。"埃玛女士站在最靠近门的位置,背靠在那扇门上,让门敞开着。她向卡尔举了举杯。

"门还是开着吧!"半醉的女士这样说道,"让那些带着血腥味的空气能够被冲淡些……"

这位黑人探长点头表示同意,然后就正式开始了他的演讲:

"好的……我们中的大部分人已经知道,奥古斯特·多纳多是怎样的一个人。他从来就没有对西尔斯负过什么责任,这点从海因纳先生的证词中就可以看出来——他有一个邮差的工作,却让年幼的弟弟到酒吧这样的地方去打工;西尔斯到十六岁还为了换洗的衣服而发愁,唯一的外套是酒吧老板送给他的。他赚的钱全部划到他哥哥的账上——这个葛朗台老爷式的兄弟,只将自己的弟弟当作一台能够给存款本上的数字增值的机器!"

卡尔这番颇具煽动性的话语让众人频频点头，海因纳甚至从礼服口袋里取出了手帕。

"……本来就已经是这样的关系，加上西尔斯去德国那么多年，也就不用再谈什么亲情了——奥古斯特和西尔斯之间，甚至连普通朋友之间的感情都没有了。海因纳先生和比托姆先生，他们为西尔斯所做的都比奥古斯特这个唯一的亲人要好上百倍！"

海因纳本来已经落泪了，听到这话时勉强笑了笑，用手帕拭了拭眼角，说道：

"卡尔探长，还是不要再提那些陈年往事了。"

这位黑人探长点了点头：

"好的……很多人都听过那个别墅恐吓信的传说，那个投递者——他在信中说要'在一个重要的日子杀了他们俩'：这当然就是指我们今天的两位可怜受害者——酒会的主人约翰·贝恩斯和西尔斯·多纳多，他们确实在一个重要的日子里死去了……预言完美地实现，而预言者是谁呢？就是奥古斯特·多纳多，那个邮差——盖格先生可以证明这个传言是否属实。"

大家将目光投向这位管家，他点点头，说道：

"当时捉到的确实就是奥古斯特先生，他的邮袋里装满了打印的威胁信——别墅里的人几乎都知道……这和传闻中的一样。本来，主人还活着的时候，曾嘱咐我们不要说出去……但现在当事人都已经死去了，再隐瞒这些事情……就该算是对死者的不尊重了。"

"多此一举……"埃玛嘀咕道，抿了一口手中的酒，"在他们活着的时候就传开了——他们本来就没得到过什么尊重……"

没人对这话做出什么反应，卡尔接着说了下去：

"然后就是今晚所发生的事情——"他看了一眼文泽尔，"有人有问题可以随时提问。"

文泽尔对他笑了笑：

"好的，律师先生。"

这当然是对他使用煽动性的陈述来获取在场"陪审团员"们支持的行为表示间接的不满——卡尔有些尴尬地点点头，接着说了下去：

"按照时间线索来展开这次事件——八点二十分左右，文泽尔从这房间里出来：那是因为奥古斯特的进入打断了他们的谈话。我们需要揣摩一下奥古斯特当时的心理——他为什么要去找约翰先生？根据文泽尔的证词，他听到奥古斯特对酒会主人说'那件事……我还是必须和你谈一谈'——他很急忙地进入房间，他也很在意是否有人在场……这些事实说明了什么呢？"

"敲诈都是在暗地里进行的……"普雷斯曼说道，"而这就是显而易见的敲诈——我看到那张支票，警方也找到了那张支票：约翰为了打发掉自己情人的亲哥哥，不得不用钱去堵住他的嘴！"

"但事实并非这样——我们不妨想想看，敲诈者有没有理由杀死自己的财源？奥古斯特有大把的时间，他大可以慢慢来，他为什么会选择在今天的酒会上杀死约翰呢？他既然已经握住了对方的把柄，为什么还需要急急忙忙、慌慌张张地去找酒会主人呢？而且，听起来，那语气中似乎充满了胆怯，不是吗，文泽尔侦探？"他这样问文泽尔。

我们的侦探没说什么，只是点点头。

"他不过是想要按照自己恐吓信上所说的话语来执行审判罢了！那个变态！"珍妮有些激动地说道，"约翰早就应该将他送到局子里去的！一时的宽容害死了自己……"

"恰恰不是，亲爱的小姐。"卡尔笑着说，"很显然，没有哪个有预谋的凶手会将自己的名字发得到处都是——那样谁都会想到是他，不是吗？"

"但他不是这样做了吗？"珍妮十分惊奇地反问道，"难道凶手不是他？"

"我可没这么说过！小姐……我只是想说，这场悲剧的开篇，或许并非有预谋的……"

"但那些恐吓信……"艾米显然对这样的说法十分不解。

"如果奥古斯特没有被抓到的话——事实上，他顶多也只是想用这些信件来敲诈酒会主人，顺便发泄自己的不满情绪。以我多年做探长的经验，我很清楚——恐吓信的效果，大多数都只是停留在恐吓上而已：那些单薄无力的文字，多半只是在虚张声势……"

"但他是一个虔诚的天主教徒……"塔芙妮说道，"说不定他会为了教义而牺牲——即使大家都知道他是凶手，他也决心在今天下手。"

"并非如此。"卡尔摇摇头，"一个守财奴是不会为了崇高的信念而死去的，他们只会为了钱而死去。从这整件事上我完全看不出他对天父的虔诚——他只是为了摆脱自己的邮差身份而努力。我们从他的种种行为都可以看出：奥古斯特·多纳多并没有殉教士般的觉悟。"

"那这些究竟应该如何解释呢？"上尉哈林有些听不下去了。

"我们不妨反过来想想看，如果约翰是敲诈者，而奥古斯特是被敲诈者……"卡尔笑着解释道，将支票的证物照片递给了大家。

众人发出了一阵惊呼——除了文泽尔：他早就知道了。

"奥古斯特打算给约翰十万欧元?"老者海因纳简直不敢相信自己的眼睛——他用手帕将双眼擦了又擦,看了半天才确定那个签名是奥古斯特的,"这究竟是怎么一回事?"

"呵,很简单。约翰捉住了奥古斯特,约翰收起了他那塞满恐吓信的邮包,约翰有一大帮证人——谁都不想坐牢的,就这么简单!"卡尔笑着解释道。

"但约翰分明不缺钱……"艾米嘀咕道,"看这酒会的排场——他显然也不是一个小气敛财的人。"

"母亲对孩子进行惩戒,会扣下他们的零用钱……"埃玛女士说道,"但母亲其实并不缺那么点钱花。不是吗,卡尔探长?"

"您是我所见过最聪明的女士之一。"卡尔赞扬道,"约翰当然不缺这笔钱,他只是想给奥古斯特一个教训,让他学乖点,不要再干涉他和西尔斯的事情。"

"是不是……约翰所要的钱不止这个数目?"塔芙妮猜测道,"因此奥古斯特需要和约翰商量——他拿不出约翰索要的数目,而约翰给的期限又快到了;他不想被送进监狱,所以他先设法凑到了十万欧元,想让约翰将这件事暂时缓一缓。"

"正是如此!"卡尔打了个响指,"约翰可能要二十万欧,或者三十万欧——这些钱可能还不够用来开一次今天这样的酒会,但对于穷邮差约翰而言,却已经是一笔巨款。约翰随随便便给出的一个数字,就已经将奥古斯特·多纳多给逼上了绝境。"

"牢房铁窗还是破产传票,这是个问题。"埃玛女士摆出了一个莎翁的姿势——这引来了众人的一阵笑声。

"两难的选择让奥古斯特失控了……谈话中,可能约翰完全不肯松口——他的本意可能只是想吓吓自己情人的哥哥,但谁也不知道对方的底线是多少:这危险的游戏终于招来了报应——第一次谈判彻底失败之后，奥古斯特走出了这房间。普雷斯曼正好看到他出来，因此，可以给他当时的样子做证：他看上去或许很生气——这是当然的。他气得连自己拿出的那张支票都忘了马上收好，直到被人看见之后，才找了个机会，藏到自己的鞋垫下面。"

普雷斯曼点点头，对卡尔的说法表示赞同。

"……他越想越气，愤怒终于让他失去了理智——他又回到了这房间里，装作还要和约翰继续谈下去。然后，趁着酒会主人缺乏警惕的当儿，奥古斯特拿起酒吧工作台面上的那把裁纸刀，一下子凑到约翰·贝恩斯的身前，将它深深插入了他的腹部！"

大家不约而同地看了一眼那圈白色的人形轮廓线——血迹还在那里，想着那可怕的场景，他们几乎都倒吸了一口气。

"也不知道他究竟刺了几刀：或许酒会主人的腹部布满了伤口，或许是一刀致命……奥古斯特在那短短的几秒钟里，完全丧失了理智：直到看见约翰在地上颤动着，看着血从伤口涌出来，他才稍微清醒过来——他从墙上的金属纸巾盒里取出纸巾擦了擦那柄裁纸刀的刀柄，然后逃一般地离开了……"

"他的手上不会溅到血吗，"埃丝特有些怀疑地问，"在他刺下去的时候？"

"奥古斯特该感谢酒会主人今天所穿的精致衬衣和礼服——好几层细致的衣料阻止了血液的喷溅，让犯人无须为手上的鲜血费心。"卡尔解释道。

"那个血字又是怎么一回事？"哈米斯问。

"这正是我将要解释的……"这位黑人侦探走到主人的酒柜前，轻而易举地就从里面挑出一瓶来——那是一瓶龙舌兰酒，和其他的礼品酒相比，酒瓶看上去并不怎么高级，甚至略微有些粗糙：金色基调的标签纸，似乎是一张泛黄色的书页上印着：

> TEQUILA
>
> Catador
>
> Añejo
>
> 100% AGAVE

"我已经派人取过指纹，因此你们可以拿过去看看，"卡尔将那瓶酒递给众人，"从价格上来看，这是一瓶并不怎么高贵的酒——相较于海因纳先生的波本而言。"

他又从口袋里拿出一张卡片，当着大家的面，读出了上面的内容：

"'谨献给尊敬的约翰·贝恩斯先生'——这是随这瓶酒附赠的卡片上所书写的内容。"他笑了笑，"我们马上就会知道这样的祝词有多么虚伪……"

"这到底是什么意思？"珍妮显然有些恼怒，"我已经受够这酒会了！为什么这个时候还要拿起一个酒瓶子？还要去读卡片上献给死人的祝词？"

"别激动，我的小姐，让我们想想看……当一个人垂死的时候——他的意志逐渐丧失，他的身体开始缺乏力气，这时候，他是不是应该挑选些自己最熟悉的东西来留下自己的死亡密码呢？"

"这话没错。"哈林上尉说道，他从埃丝特小姐的手上接过那瓶特奎拉。

"那么，约翰·贝恩斯生平最熟悉的东西是什么？"

"当然是酒！"普雷斯曼想也没想就答道。

"他最引以为傲的收藏呢？"卡尔将众人的目光引向主人的大酒柜。

"龙舌兰！！"大家几乎是在惊呼了——哈林上尉几乎要将手上的酒瓶给捏碎。

"一点没错！"我们的黑人探长得意地说，"那个血字根本不是什么'SOLL'，我们将它反过来看：那是德国人惯用的数字写法——那个数字是'1105'！！"

卡尔接着解释道：

"死者手指落下的位置误导了我们——约翰或许在临死前移动了手指，将沾血的指尖放在了第一个数字'1'的最上端起笔处，那让我们想当然地以为，这是一个不知含义的字母密码'SOLL'，但事实却并不是这样。德国人习惯在手写体中将数字'1'写得像倒'L'，只是末笔比较靠拢……但想想看，临死之前，又是左手写字，写得和倒'L'差不多，也并不是什么奇怪的事情。①

"……和文泽尔所说的一样：按照我的吩咐，英斯确实没有去确定客人名单上的笔迹，我只是让英斯通过约翰那些未寄出的信函上的数字和日期确定——约翰确实习惯使用德文的手写数字写法，并且血字里的数字和他在平时所写的数字有相似性，这就足够了。除此之外，我还向管家要了一些约翰亲笔所记的电话号码——但之前英斯如果直接就将这些展示给大家看的话，提示就

---

①由此我们也可以推知，在两个凶案现场所找到的、数字"1105"的行文方向，都是和尸身所处的方向基本平行的。如果行文方向和尸身垂直的话，数字的正向很明显就是尸体由头到脚的方向——亲自躺下试试，就可以很容易地证实这点。关于数字正反是否颠倒这个诡计，只能在凶案现场的推理中使用：正如哈林上尉所说的，根据书写方向和笔画顺序，笔迹专家很容易就可以判断出所写文字的正反，进行深入的数据分析之后，甚至可以由血字书写时的施力方向来判断血字究竟是由死者本人所写，还是由其他人所代写。

太明显了。因此,他只向大家展示了那几张信件,打算将惊喜留在现在。"

"敬制造悬疑气氛的高手——卡尔·诺纳探长!"埃玛再次举起了杯。

罗特笑了两声,发现气氛不对,便颇为尴尬地收起了笑。

"就算是数字1105,可这和这瓶酒有什么关系?"埃丝特小姐问道。

"这不是该从您口中说出的话……"卡尔略显惋惜地摇了摇头,"上尉先生,请您看看那瓶酒的标签右上角——如果我没记错的话,那两个三字母的白色缩写之间应该夹着一个数字才对。"

"'NOM-1105 CRT'——'1105',噢,我的天!"上尉将那个数字念了出来。

埃丝特重重地拍了拍自己的脑袋。

"我真是不能原谅自己的愚钝!"她自责道,"蒸馏酒厂注册编号——那相当于是龙舌兰酒的身份证!"

"如果您愿意的话,"卡尔向这位来自梅尔市的品酒师做出了一个"请继续"的手势,"请您为大家详细解释一下这行小字的内容。"

"乐意之至。"埃丝特谦虚地点点头,然后,扶了一下并不存在的眼镜(这应该是个习惯性动作),开始了她的知识讲解:

"按顺序说起,'NOM'——西班牙语'Normas Oficial Mexicana'的缩写,意为'墨西哥官方标准'。每一家合法注册的龙舌兰酒厂都有一个独一无二的编号,目前这些编号大概有七十多种……"

"这代表墨西哥有七十多家不同的蒸馏厂吗?"塔芙妮问。

"没错——他们生产近千种不同品牌的龙舌兰酒,这就是其中的一瓶。"她指了指上尉手中的那瓶 Catador，"1105 对应的是这瓶酒的出产厂——而'CRT'则是'Consejo Regulador del Tequila'的缩写，即所谓'龙舌兰规范委员会'，是一个官方机构认证，表示酒是符合墨西哥相关法律要求所生产的。"她向卡尔敬了个礼，开玩笑般地说道：

"解释完毕！"

"谁送的这瓶酒，是不是就是奥古斯特？"海因纳在听完这段话之后，马上就提出了这个问题。众人也开始议论纷纷。

"按照礼品清单上的记载，正是。"卡尔将那张清单递给站在他面前的艾米——写着"Catador/1105"的地方，记录的名字是"奥古斯特·多纳多"——那一行已经被用红笔格外醒目地框出了。

"除了奥古斯特之外，就没有别的客人送'1105'了。其他编号的龙舌兰倒是还有几瓶，但在这里并没有必要将它们给列出来。"卡尔解释道——他思考了片刻，接着说道：

"根据文泽尔的证词，约翰对那堆礼品酒如数家珍——他显然分得清谁送了哪瓶酒……比方海因纳先生送的上好波本、尤尔先生送的'哈瓦拉俱乐部'……"他指了指一旁工作面上的那瓶酒，"他当然看过礼品清单：他知道上面登记了几瓶酒，也知道谁送了哪瓶酒——关于酒他能够过目不忘，这是他的职业习惯。"他看了一眼大酒柜上放着的那十数瓶酒，别有深意地摇了摇头。

"他也清楚这瓶'1105'是谁送的，"一直都没怎么说话的文泽尔补充道，"他曾经在我面前读过那张卡片上的内容，并且，还在言语之中表示出他对赠送者的厌恶——如果没有人使用完全一样的祝词的话……"他也将目光移向了那堆礼品酒。

"你可没对我说过这些！"卡尔冷笑道。

文泽尔耸了耸肩，懒得为此去争辩些什么。

"毫无疑问，奥古斯特刺杀了约翰先生……"珍妮很生气地说道，"那个可怕的魔鬼——还好他遭到了应有的报应。"

"他死得可够惨的……"哈米斯先生喃喃地说，回忆着那个他仅匆匆看了一眼的车祸现场，"太可怕了！"

"回到正题上来……"听到有人谈及那次意外，卡尔的脸上略微显得有些不快。"我们再来参考一下那些时间——八点四十五分，有人看到奥古斯特·多纳多从侧厅门来到大厅，然后向着卫生间的方向急步走去。"这位黑人探长皱了皱眉头，"在这个时间点，约翰先生很可能已经死了，或者正在死去——我们不妨想象一下：离五十五分还有十分多钟，约翰先生用最后的力气写下'1105'这个数字……他大概已经没有力气写下奥古斯特的名字了：那个名字和姓氏都不如数字简单好写，而且，写姓氏还要考虑到排除西尔斯——或许，正如哈林上尉所说的，左手写不了太麻烦的单词。除了那数字……除了他相当熟悉的蒸馏酒厂编号之外，他别无选择……"

"为什么不写首字母呢？"塔芙妮问道，"'A'和'D'，似乎比'1105'要好写一些……"

这个问题被坐在一旁的那位探员回答了：

"首字母有重复的人——名字和姓氏的首字母都符合'A'和'D'的，包括奥古斯特在内，一共有三个人，其中有一个是女的。"他将资料本合上，"我们在问询的最开始就考虑到了这个可能性，因此做了一些基本的统计……"

"正是如此——这是最好的解释了……"卡尔向这位探员点了点头，"约翰并不清楚当时侧厅里到底有谁——自从和文泽尔一起进去过之后，他就没有再从这房间里出来了……因此，他不能在死亡密码中犯一个可能混淆凶手的错误……而'1105'却是独一无二的。"

"但是,却并没有谁能够证明,在文泽尔离开之后他就没有从这房间里出去过……"塔芙妮想了想,提出了一个新的疑问,"说不定他碰巧开了门,出来看到外面有谁,但没有人注意到他呢?"

"侦探永远都不在'碰巧'上做文章,"文泽尔中断了塔芙妮的问题,"除非这'碰巧'已经被诸多的证据所证实——'约翰碰巧出门':这并不是我们否定这个假设的理由,除非有人看到他碰巧出门。"文泽尔转而向众人问道,"有人在八点三十分到五十四分之间看到约翰先生'碰巧出门'吗?"

没有一个人回答,大家只是摇头。

"因此,我亲爱的塔芙妮。"文泽尔笑着对他的助手说道,"不可以用一个完全无法证明的假设去否定另一个只被部分证明的假设。"

塔芙妮"哦"了一声,不再追问下去了。

"好的……按照我们得到的、关于时间的证词,"卡尔接着说道,"西尔斯在大概八点五十一分时也从他兄弟刚刚走过的那个门走到大厅——这有三个证人。中间有六分钟的间隔,西尔斯在这段时间里面做了什么呢?"

"他看到奥古斯特慌慌张张地从约翰的房间出来,心中起疑,就也进到那个房间里去看了看……"艾米推测道。

"这些看门把上的指纹不就清楚了?"珍妮嘀咕道,"完全不用在这里猜来猜去。"

"门把的指纹报告最先出来,"卡尔叹了口气,看了艾米一眼——艾米将头低了下去,"外侧只有艾米的指纹,内侧也只有艾米的指纹……这个我知道,你当时走在最前面,进门的时候有些着急,将门把旋了两次才打开;进去之后意外地看到凶案现场,因为紧张,你一转身,立即就将内侧门把也给握住了……很遗憾,我们没来得及拦住你。"说到"我们"他惯性地看了文泽尔一眼,却又很快地将目光移开。

艾米用十分小的声音向卡尔说了句"不好意思"。

"否则,至少可以知道最后一个离开的究竟是凶手,还是可能已经死去的第一目击证人。"卡尔叹了口气,"按照已知的线索,在凶案发生前,最后一个进入房间的是奥古斯特。根据他的身高以及普通人旋开房门的习惯来看,当他在八点三十分左右出来的时候,门上应该只有他的指纹和掌纹。如果他走的时候刻意用纸巾擦掉了那些指纹的话——我们知道,如果他用纸巾裹住门把开门的话,就可以轻松擦掉里侧门把上的指纹;而外面的指纹,在关门的时候再用纸巾轻旋一遍就好了;第一现场的凶器上没有血迹被擦拭过的痕迹——很幸运的,纸巾上并没有沾上血。因此,他大可以使用同一张纸巾做这些事情……如果这个假设成立的话,当奥古斯特第二次从这房间出去之后,约翰倒在血泊中,而门把上此时应该没有任何的指纹。

"然后,如果西尔斯也进去了——他可能一开门就看到约翰倒在那里,知道发生了些什么事,就立即转身出去了,并没有进到房间里面去;这样,外侧门把上就留下了他的指纹;也可能西尔斯进去之后,走到了约翰的身边,看到他留下的血字,伤心了一番之后才匆匆出来;这样门把两侧都会留下他的指纹……反正,门上会留下最后一个进出者的指纹和一些可能的残存线索——这得碰运气。"他又看了艾米一眼,"显然,我们的运气不够好……"

"至于卫生间的指纹报告……"文泽尔耸了耸肩,"不说我也知道——那是个看热闹的高发地带。外面因为撬门就不用提了,而里面……"

"里面的指纹是我的。"埃玛小姐举了举手,"我当时想找个扶手的地方……这不算什么——换哪位女士都会这么做的。"

"因此,"卡尔无可奈何地对珍妮小姐说道,"想法是好的——事情如果真那么简单就好了。"

"快回到正题吧!"埃丝特小姐又开始催促了,"最好不要展开每一个细节。"

"嗯……我们已经知道他们要去卫生间的可能原因——洗把脸让头脑冷却下来,或者兄弟之间的事先约定……碰巧相遇是肯定行不通的——因为那凶器在卫生间里可没有。我比较倾向于相信,兄弟之间是事先约好了的:奥古斯特因为杀了人,同时知道西尔斯一定会认定自己就是凶手,因此打算将西尔斯也一并杀死——'索性让那个恐吓信里的内容成为事实',他那发热的脑袋当时很可能是这样想的。"

"也可能是有人预先将凶器放在了卫生间里——或许是因为一些看上去无关紧要的理由,"文泽尔对此提出了一些有针对性的意见,"比方说,可能有某个酒醉的客人突发奇想,打算将一整块蓝莓蛋糕分作两半,在厨房里找到合适的工具之后,又不小心将它给落在了卫生间里……可惜,厨房里的那个年轻人完全不知道那柄刀是在什么时候弄丢的——他只在打算切橙片的时候才记起这柄凶器来……"

"这不也是在使用完全无法证明的假设……"塔芙妮嘀咕道。

"只是在暗示还有其他的可能性……"

"不用再把事情想复杂了!"卡尔轻蔑地笑了笑,接着说道,

"无论凶器是通过什么方式来到奥古斯特手上的，短短六分钟之后，兄弟俩在卫生间里见面——奥古斯特又用同样的手法杀死了西尔斯……然后，他自知罪责难逃，就趁我们防卫疏忽的时候企图逃跑，结果却被那辆沃尔沃意外撞死……"

他十分肯定地说道："那只是一个意外而已！"

"……西尔斯知道奥古斯特所送的是哪瓶酒——正如我之前所说的，他或许在进这个房间时，看到了约翰所留下的血字：他也在德国待了那么多年，他也是一个对酒相当了解的人……况且，他可能早就料到：杀死酒会主人的只能是他的亲哥哥——因此，他很容易就猜到了约翰所留血字的含义。他在卫生间里也留下相同的血字，不过是在暗示——凶手其实是同一个人，也就是那位已经死去的奥古斯特·多纳多先生。"

卡尔说完了，艾米、罗特还有哈林上尉，甚至象征性地鼓了鼓掌。

哈林上尉称赞道：

"这确实是无可辩驳的推理。"

"十分合理——基本上能够完全解释今晚在这别墅中所发生的事情了。"

"别忙，还需要一个总结……"他看了一眼文泽尔，笑着说道，"最关键的线索就是那个血字——'1105'和奥古斯特所送的那瓶龙舌兰之间的绝对对应关系，让这个案子不再存在任何其他的可能性。犯人的动机、行动路径、凶器、作案手法甚至作案时的情绪，都经由推理而完整地再现在诸位的面前。"这位黑人探长颇为得意地说，"但是……眼前的这位侦探却说这套推理是'全盘错误'的——我很想听听您的高论，文泽尔先生。"

卡尔对文泽尔摆出了"请开始"的手势。

我们的侦探一点都不慌张,他整了整自己的礼服领,不紧不慢地说道:

"很遗憾,这个推理的基础就已经是错误的了——至少,是不够完整的……"

他的话还没正式开始呢!但就在这时候,一直靠门站着的埃玛女士突然大叫起来,酒杯也从手指间滑落,摔到地上,自由古巴洒了一地。

她肯定是看到了什么让人害怕的东西:但我们现在已经看不到她了——她跑出了主人房间,她向着那未知的发生跑去。很难相信她能跑得那么快——一个已经有些酒醉的女士,脚上还穿着高跟鞋……那扇门没了她身体的支撑,也开始慢慢想要合上。

哈林上尉赶紧上前一步,拉住门,不让它关上。其余的人看到这封闭的空间尚未关闭,就都向着门的方向快步走去,几个性急又离门较远的男士甚至跑了起来……

谁都想知道外面究竟发生了什么。

只有卡尔没动,他的表情僵在脸上——

不好的预感不需要任何推理。

那是人类的本能。

第 22 节　第三个血字

　　留红色长卷发的女人——雅玟·布兰琪现在正躺在那座最漂亮的灯饰上：有些灯泡碎掉了，锐利的玻璃碎片就好像龙舌兰上的尖刺一样，一片一片地扎进她的身体里；但大多数灯泡依旧顽强地亮着，即使那灯光已被鲜血渲染成只有上好红酒才配拥有的奇妙颜色。

　　她的右边锁骨被固定灯饰用的一只坚固又巨大的铁钩给刺穿了，血如喷泉一般地从那个硕大的伤口处涌出来。刚开始的那股热血，喷得几乎有半个人那么远；而现在还在流淌着的，压力就要小得多——如同细小孱弱的山泉水一般，从颈部那个新近开凿的泉洞中缓缓流出，最后汇合到地上那才刚形成不久的血湖之中……这些恐怖的红色泉水，甚至将她的上半身整个染成了令人不寒而栗的厚重血褐色。

　　隐蔽处的几只锐利钩子悄悄地切开了她的后背：她腹部的某块皮肤惊人地突起着，但却奇迹般地没有被洞穿——那是一只稍微偏了方向的残忍铁钩，伪善地将自己迟钝的转弯处留给了那处的皮肤，因而保全了它们的完整；而在雅玟落下的瞬间，它又悄悄地用自己的钩尖在她的腹中无情地搅动，柔弱的肠管，还有属于那块的一大堆器官十分无助地被搅作一团。有些支撑不住的，已经从后背上那被蛮横撕裂的巨大伤口空隙中滑脱出来，勉勉强强地低悬在半空中——腹内那被搅拌成奇怪颜色的混合液体，就像是调和失败的鸡尾酒一般，从上面一滴一滴地滚落下来，散发出刺鼻的、令人作呕的腥臭味。

谁都看得出，她离开得并不平静——如果锁骨那儿的伤口再往上一点，一下子洞穿她的喉咙或者后脑就好了。我们可以从那血红一片中辨识出她那五官几乎都要拧成一团的脸，也可以借此想象到她临死前那扭曲恐怖的表情：她是被疼痛以及大量失血时的丧失感夺去生命的，虽然就那么几分钟的痛苦，却已经是天堂和地狱之间的差别。

就连院子里的几个保安和警察都被这意外的场景给吓到了，忘记了要马上过来，好长一段时间里，只是隔着很远看着这染上血色的美丽灯饰所发出的、迷幻诡异的惑光。

埃玛第一个跑到她的身边——那么多杯自由古巴的酒精作用，似乎让埃玛对这鲜血淋漓的场景反应迟钝。她只是单纯惊讶于这件事、这个意外。她甚至还笑了笑——稍后而来的哈林上尉他们，隔着侧厅的落地窗看着她：她背对着他们。因此，他们只能猜测，她那时候究竟在干什么——她似乎是为素未谋面的雅玟小姐整了整衣服，又将她悬在一旁的双手小心扶回到她的胸前，用一种看上去十分安详的姿势交叉放好：她的身体仰躺在半空中，手却垂到地上——那姿势一定很不舒服。

但就在那之后，那一秒钟之后，她开始尖叫了——她看着尸体身旁的地面，尖叫着，仿佛正看到撒旦从地狱里向她招手微笑一般。她的叫声甚至让那些刚刚才想到要接近她们的别墅保安、警员和客人们感到胆怯，止步不前。

"啊啊啊啊啊啊啊啊啊啊——"

她发疯了一般地号叫着，在大家都不知道该怎么办的时候，哈林上尉——这位军人毫不犹豫地冲了上去，一把将她拉离那具尸体。他先是摇了摇她的肩膀，然后又紧紧抱住她——她的身体剧烈颤抖着，她的理智慢慢回来了一些，她用抖得厉害的手指了指她刚刚碰巧看到的地方，哈林便也顺着那方向看了过去……

就连这位职业军人也不禁打了个冷战。

地上，雅玟的血泊即将淹没的地方，一个显然是刚刚写下的血字、一串和之前完全相同的数字——"1105"在旁边被染红灯饰的血光映照之下，蜕变为一个施了邪恶魔法的绝望咒语，在夜幕、异光和那黏稠又带着腥味的血液的掩护之下，一点一点地扩散开来，一点一点地消失不见……直到那串被诅咒着的数字——它们终于被那些缓慢流动着的血液完全淹没，疑惑和恐惧却早已蔓延到在场每一个人的心里……

埃玛拉着哈林上尉的礼服，没有哭泣，只是颤抖着——她手上沾着的、雅玟·布兰琪的鲜血将上尉的那套银色西服染上了诡异的花纹，以及相当古怪的颜色……

"我根本没有看到，她到底是在什么时候写下那个的……"埃玛女士喝了一口酒，心有余悸地回忆道，"那太可怕了……"

"可这究竟应该如何解释呢？"艾米低声说，"奥古斯特明明已经死了嘛……"

大家不约而同地望向卡尔，但他什么都没说，只是坐在那儿，低着头。

"或许应该请这位侦探将他刚刚的发言说完……"哈米斯提议道。

众人还没来得及对这个提议做出什么回应，罗特探长就进来

了——他来向卡尔汇报现场调查的初步结果:

"跳楼身亡……"

"她早就选好了那个地方……"卡尔摇了摇头,"从这并不怎么高的楼顶上跳下来,只有那地方能够致命——那些灯饰,我真该死!"

文泽尔走过去,拍了拍这位老友的肩膀,希望能够给他少许的安慰。

"卡尔,谁都无法预先想到这点的——你先稍微休息一下吧。"他这样对他说道。

然后,他转过脸来问罗特:

"检查过楼顶了吗?能否排除有其他人推她的因素?从她落下的姿势来看,似乎是仰面落下的——这在自杀者里面可不寻常。"

"也说不上……我们的人在尸体正上方的法国梧桐树枝上,找到了属于死者的一些衣物碎片——她可能是面朝下跳的,却被树枝给弹了一下,看起来,只是改变了方向,却并不怎么影响她在下落之前预先计算好的轨迹……"

"我看到的也是……"埃玛女士回忆道,"她好像是在空中翻了个身——那边的窗外比较明亮,刚刚发生的一切,我看得十分清楚。"

"从侧厅那部分的楼顶跳下来的话,那时候侧厅里恰好一个人都没有……"塔芙妮说,"大家当时都在这儿、主人房间里。"

"而英斯,还有那个从主人房间离开的留守探员则去了大厅。"罗特说,"大厅里的客人已经放走了不少——那里比侧厅明亮,不管是笔迹比对还是证物鉴定,做什么都比较方便……"

"前两个现场的指纹鉴定结果已经出来了吗?"文泽尔问。

"是的,我刚刚拿到初步鉴定的报告。根据我们从那三具尸体上取得的指纹样本进行比对……"罗特探长看着手中的资料,"很遗憾,没有得到任何结果,哪怕只是基本吻合的都没有。两柄凶器上没有找到完整的指纹,但在第二现场的那柄刀上,我们的人发现了一个擦拭之后遗留下来的指纹碎片。证物科的人正在分析,明天应该会有结果。"

"证实凶器的来源了吗?"

"已经证实,和推测的结果相吻合——根据和凶器相关的证词,我们的人检查过两柄刀的刀柄接缝处,分别找到了新鲜的莱姆汁和柠檬、橙汁残余成分……更准确的数据结果可能需要再等几天。"

"雅玟的指纹样本也要进行比对——最好让现场人员现在就去登记她的指纹。"文泽尔说,"那瓶龙舌兰上的指纹调查结果出来了吗?"

"指纹是奥古斯特的,也有约翰·贝恩斯的。"

"没有负责接收礼品的那个保安的指纹吗?"塔芙妮奇怪地问。

"我亲爱的塔芙妮,"文泽尔笑着说,"你忘了他们都是戴着白色手套的吗?"

"哦……"

"还有,厨房门上的指纹呢?"

"那门上没有任何指纹……"罗特说道,"这是否就表示凶手一定经过了那个门呢?——根据已有的证词,调酒师尼古拉斯和管家盖格在下午曾从那个门出去过,为了采摘樱桃——上面不可能找不到指纹的。"

"然而盖格先生也戴手套……"塔芙妮说,"说不定当他们戴着手套开门的时候就碰巧擦去了上面原有的指纹——我觉得,尼古拉斯先生是别墅专程请来的调酒师,而他也曾提到'管家盖格在采樱桃前预先叫人将花园道上的樱桃扫开',以防在采摘的时候弄得满脚都是……会不会是管家先生或者哪个保安、用人负责开的门呢?"

"我开的门。"一旁的管家先生证实了塔芙妮的猜想,"'不能让我们特意请来的调酒师和厨子认为我们没有礼貌'——这是约翰先生的原话。"

"因此这点也不能说明什么……"文泽尔说道,"或者凶手也并没有从那个门进出过——即使用纸巾包住门把开门和戴着白色手套开门所留下的痕迹可能不一样,短时间内,证物科也给不出什么决定性的结论来……"我们的侦探接着问道,"那么,侧厅发现的那只塑料碗上呢?就是不久前才呈交上去的那个……"

"那个的结果很快就出来了——被人仔细擦拭过,上面没有留下任何的指纹……"

"文泽尔……那个,你能将你的推理先说出来吗——哪怕目前还缺乏证据……"

说这话的是从刚才到现在就没怎么说话的卡尔,他的神情沮丧,说话的声音几乎接近崩溃。

"你不用安慰我什么——我知道我已经犯了错,但显然是太晚了……"他痛苦地摇了摇头,"如果奥古斯特不是凶手的话——你知道刚刚的那个血字:我真不该那么武断的……说不定,真是我害死了他——还有雅玟……我怎么能这么武断,我曾经告诉过我自己,告诉自己再也不能这么武断的——看看,我已经有了教训,却还犯着同样的错误……而且,竟还对你说出那样的话……真该死!该死!!"

卡尔用双手用力捶打着自己的脑袋,文泽尔赶忙过去,拦住了他。

"你喝多了,我的朋友——我说过,都是无法预想的事情,和你并没有关系。"

他打算招呼艾米和塔芙妮过来,但卡尔拦下了他。

"我没事,可能我确实喝多了……"他叹了口气,"我不该和你玩这赌气又自作聪明的推理游戏的……现在我是无话可说了。坚持着一个错误的推理,甚至还为此牺牲了好几位无辜者的性命——你也不是不知道我的脾气……我、现在只想知道你的那个假设,就和多年前一样。"

我们的侦探当然知道,他所指的是四年前发生的、捷尔特博士的那个案子——他和卡尔就是通过那个案子成为朋友的[①]。

他对卡尔点了点头:

"好的,那么……"

文泽尔刚想说下去,之前那个负责记录的探员急匆匆地走了进来,向罗特报告道:

"在屋顶雨道的尽头发现了一柄匕首!"他说,"就在死者跳楼的位置上——我们找到了她的脚印:和那双高跟鞋完全吻合。"

"是否已经开始着手调查指纹了?"文泽尔问道,"有证物照片吗?"

"这里。"那位探员打开手上的资料夹,将一张刚拍的速显照片递给这位侦探。

文泽尔身旁的几个人都凑近去看了看那张照片。哈林上尉看过后,小声地嘀咕道:

"一柄军刀,这可真奇怪……"

[①] 参见《千岁兰》(新星出版社,2020.12)。

听到这话，站在一旁的管家盖格好像是想起了些什么似的——他对文泽尔说道：

"让我看看那照片！"

文泽尔立即就将照片递给了他。

这位管家只看了一眼，就十分肯定地说道：

"这柄刀绝对是属于别墅主人的……怎么会跑到那儿去？"

"这柄军刀之前是放在哪儿的？"文泽尔问，"是否在从侧厅通往天台的路上？"

"在那狭长楼梯的旁边，靠左手边的组合书柜上，作为装饰物……"盖格回忆道，"没有刀鞘，一直都是放在一个小型刀架上的。"

"马上派人过去检查一下！"文泽尔对罗特下了命令，这位探长吩咐了一下那位过来报告的警员，他随即离开了主人房间。

"那么，"我们的侦探替那位警员将房门关好，"我现在要开始说明我的推理了——由于我们仍旧没有得到能够证实这个假设的最有力的证据，因此，我只是将我的想法说出来：里面可能还存在着一些错误，但我希望它是真实的。"他看了一眼一旁坐着的卡尔——这位老朋友的表情严肃，对我们的侦探点了点头。

第 23 节　文泽尔的案件重现

"我的想法基本上和我的朋友相同，"我们的侦探说道，"只不过，我发现了一两处他没有留意到的小疑点——你们知道，加入了这些怀疑，整个案件的进程就变得大不相同了。"

"看来我今晚一定得在这间死了人的别墅里留宿了，"埃丝特叹了口气，"末班车还有五分钟就发车了——除非我能飞到总火车站，而我现在还很想知道这案子的结果究竟如何：那肯定需要不止五分钟的……"

"那就到我家去，"她的新朋友珍妮友善地对她说，"我一个人开车过来的——等会儿你大可以放心地坐到我的副驾驶座上……我会为你准备一件舒服的睡衣，开一瓶好酒，然后继续我们的话题。"

"友情万岁！"埃玛女士再次举起了酒杯，"既然有了如此隆重感人的开场白，就赶紧开始吧——我亲爱的侦探先生，您大概也愿意给这对可人儿稍后的私人话题留下更多的时间……"她对文泽尔微笑道——看样子，她似乎已经完全恢复过来了。

我们的侦探也用微笑回应她。

"乐意之至……那么，从第一个血字说起。对于'SOLL'实际上是'1105'，并且这个数字是通过蒸馏酒厂编号来对应奥古斯特所送的那瓶龙舌兰酒的这点推理上,我没有任何异议。我的疑惑在于——"文泽尔举起了自己的左手,"约翰并不是左撇子,为什么必须用左手来写字呢?我们只考虑到死者写下了字,却没有考虑到他做这件事的可能性。我仔细检查过尸体——他的右手既没有被压在自己的身下,又没有被裁纸刀给刺伤:那他究竟有什么理由,需要冒着死亡讯息可能不被识别的风险,去选择自己不惯用的左手来写下那个数字呢?"

"可能他的右手扭伤了,或者……脱臼什么的。"艾米说,"他用不了右手,只好用左手。"

"这是我们需要证实的第一点——这要等到具体的法医报告出来才能知道。但在我的假设中,他的右手是没有受伤的——甚至,那个数字都不是由约翰·贝恩斯所写的!"

众人对这个假设感到惊奇,开始交头接耳地讨论起来。

卡尔恍然大悟般地说道:

"你是说……凶手利用那个数字来陷害奥古斯特?"

"没错!"文泽尔点点头,"因此,他选择在约翰的左手边写下了那个血字——他很聪明,知道惯用手的笔迹很容易鉴定,就临时想到了这样的一个小诡计。"

"这么说,凶手知道奥古斯特送的是什么酒了?"塔芙妮问道。

"对于一位一早就来到酒会现场的客人而言,知道谁送了什么礼品实在是相当容易。"文泽尔解释道,"如果他没专注于什么谈话,又恰巧站在大厅里的一个合适位置的话……当然,如果他和酒的主人有某种亲密关系,预先就知道了这是怎样的一瓶酒,那就更简单了——甚至,请容许我提出这样的一个假设:奥古斯特曾经为了买这瓶酒而特地请教过凶手,向他咨询,求他举出一瓶既不至于太过昂贵,又可以讨酒会主人欢心的酒——要知道,对于这位邮差先生的近况而言，至少他会认为，这份礼品能否让约翰感到高兴，是非常非常重要的。"

"凶手除了西尔斯，还能是谁……"卡尔叹了口气，"我实在是太愚钝了……"

"但西尔斯不是第二个死者吗？"艾米显然对此感到相当不解，"难道他是自杀的，而且……"他看了一眼文泽尔，欲言又止。

"没有理由陷害了别人后再去自杀，"塔芙妮嘀咕道，"这也太奇怪了……"

"除非他另有目的……"埃玛抿了一口酒。她走到酒柜旁，将那儿的落地窗帘拉开，并将窗户给打开了——于是，窗外的漆黑被屋内的明亮侵占了一小部分：些许的月光与灯光给那些黑暗和树影分界，一些原本模糊的颜色一瞬间就显出了很多新的层次。

"我想稍微吹吹风，"埃玛说道，"希望大家不会介意……"

没人对此表示反对，大家甚至都往靠近窗的位置挪了挪——这房间里的空气确实不太好，甚至让人感到些微的窒息。

"各位，这也是我起初感到十分疑惑的一件事情……"文泽尔从自己的礼服口袋里取出了某样东西，将它放在自己的手掌上，展现在众人面前。

"什么也没有啊！"哈米斯匆匆看了一眼，然后受骗般地说道。

"看仔细点儿！"一旁的艾米叫了起来，"是隐形眼镜——其中有一片是我的！"

大家再次发出了惊叹的声音。卡尔也感到相当吃惊，他问文泽尔：

"当时你们进到杂物间里,就是为了这个?"

"感谢艾米的慷慨帮助!"我们的侦探将那两枚镜片小心收起,"我在检查约翰尸体的时候,发现了那枚遗落在他身边的镜片——那是一个颇为隐蔽的位置,不借助合适的反光的话,站在很近的地方也找不到它。"

"你认为那是凶手落下的。"卡尔分析道,"你知道艾米也戴隐形眼镜,便马上找她借了一枚镜片。打算做一次巧妙的调换,来引真正的凶手上钩。"

"正是这样——我在杂物间里问过艾米,"他看了艾米一眼,"在揉眼睛的时候是最容易将隐形眼镜给弄掉的:根据从卡尔那里听来的传闻,还有西尔斯之前的两次异常举动,我首先怀疑到的就是他——我当初的想法是,或许西尔斯会在看到这位老情人的尸体时,装作难以控制住自己的情绪,十分激动地冲上来抱住他……"

"而实际上,他是要借机找到自己的隐形眼镜……"塔芙妮说,"你故意将艾米的那枚镜片放在一个比较显眼的位置,客人们可能不知道那是什么东西,而误会它是主人衣服上的一部分,或者是什么不小心挂上去的东西……而不去加以理会——但丢了眼镜的那个人却是一看就知道:这真是一个狡猾的圈套!"

"但直到急救人员来了,西尔斯还是没有出现……"卡尔回忆道,"你觉得不对劲,假装整理约翰的衣服,将作为诱饵的那枚镜片取了回去。"

"而且,一直都没有还给我!还特别提醒我不要声张——要知道,只戴一半镜片的感觉,可是十分痛苦的!"艾米故作生气地埋怨道,"害得我要将另外一枚也悄悄取下来……我现在的视力状况,完全就和埃丝特小姐一样!"

大家笑了起来。埃丝特小姐又扶了扶她那副并不存在的眼镜。

"看起来，不配隐形眼镜似乎是个明智的选择……"她小声说。

"你在那时候就知道酒的密码了吗？"卡尔问。

"有这样的猜测——但我对蒸馏酒厂编号一窍不通。"文泽尔耸了耸肩，"我只是联想到酒会主人那'龙舌兰大师'的称号，猜测这个密码是否跟龙舌兰酒的某种特性有关——因此，在讨论的时候，我曾对你说：'还有一个问题需要确认'……当然，现在是已经知道了的。"他笑了笑。"这要感谢埃丝特女士的讲解。"

卡尔也自嘲般地笑了笑：

"看来我那时候比你要稍稍领先些……"

文泽尔接着说了下去：

"……然后，得知西尔斯也以类似的方式被人谋杀之后。有那么一段时间里，我曾经动摇过这个猜测——我给出了一个新的判断，认为凶手确实是奥古斯特。只不过，西尔斯在案件发生后不久曾经到过这个房间，十分诧异地看到自己昔日情人的尸体：他可能走到了尸体的身边，看着这个自己曾经熟悉得不能再熟悉的人，眼角酸酸似乎想要流下眼泪……这时他看到了约翰写下的血字——他可能看得不是很清楚。"文泽尔比画了一下自己的眼睛。"你们知道，或许是因为眼眶里的眼泪。理所当然地，他揉了揉自己的眼睛……"

"他将自己的隐形眼镜给弄掉了！"罗特探长就像是诗人找到灵感一般地大叫了一声，可惜大家并没有什么反应——这点太容易想到了。

"噢，您的反应可真够快的！"埃玛又嘲笑起这位探长来，"赶得上本市警察的平均水平了……"

罗特尴尬地笑了笑。

还好我们的侦探立即回到了主题：

"这样，即使西尔斯不是凶手，也能有一个说得过去的理由，将自己的一片隐形眼镜留在第一现场。结合大厅里时间证人的证词，这点也很容易得到证实——八点四十五分奥古斯特从侧厅来到大厅，前往洗手间方向……八点五十一分西尔斯从侧厅来到大厅，前往洗手间方向——看看，这和这个假设有多么契合！"

"他的样子是刚刚哭过！"埃玛再次强调道，"我都说了好多遍了……"

"那么，文泽尔，你是怎样否定掉这个假设的呢？"卡尔问道。

"因为樱桃，"这位侦探笑着说道，"在厨房调查的时候，尼古拉斯曾试图通过花园道上新落下的樱桃完全没有被人踩过来证明，没有人曾经从厨房那侧的花园门进出过——换句话说，凶手不可能通过大厅以外的途径来到洗手间。这等于限定死了凶手行动的路径，或者说得更具体些，按照刚刚所提到的时间证词——限定死了奥古斯特·多纳多是本案唯一的凶手。"

"也不可能从厨房花园门的上面下来……"塔芙妮补充道，"那部分是小型的新哥特式屋顶。可能是因为大小的缘故，没有和大厅及侧厅的屋顶一样设置雨道，也找不到任何可供攀扶的地方，再加上大片树枝的掩护——想从上面下来又不留下任何线索，无疑十分困难……"

"我当时觉得奇怪的地方是……"我们的侦探接着说道，"下午才采摘完的樱桃，之前落下的也已经全部扫到一边——那么，只不过是几个小时之后，为什么又会落下那么多呢？"

"也就是说，凶手拿了厨房里的樱桃，花了点时间撒在那扇门的周围、几棵樱桃树的下面，伪装成花园道上没有人经过！"

这位黑人探长回忆道,"因此,管家先生才会在侧厅的那个隐蔽角落里发现……那个。"

卡尔当然已经联想到那只塑料碗了。

"没错,就是那只塑料碗!"文泽尔对卡尔点了点头,"我用手电在樱桃树那块检查的时候,发现靠近门部分的樱桃落得特别多,而较远处就少得可怜——最远的一棵树下甚至只有一两颗……就好像是有人故意将樱桃撒在了门周围一样。"

"也有可能门周围的樱桃碰巧落得多一些……"艾米反驳道,"你知道,果实下落……就和彩票中奖一样,完完全全是一个概率论问题。"

"我从不屈从于概率论……"我们的侦探笑道,"让我们想象一下,果农们都是怎样摘樱桃的——他们将成把成把的熟透樱桃收集到一个大筐中去,然后将几个这样的筐子搬到卡车上,运回到他们的工房里。再由熟练的女工将它们洗得干干净净,晾一晾之后,就要开始分装……"

"你是说,那些在地上的樱桃都是洗过了的!"卡尔恍然大悟了一般,他立即向罗特探长下了命令:

"立即派人去检查那些樱桃,按照证物来处理!"

我们的侦探赶紧拦住了罗特——他甚至已经在往门的方向走了。

"别忙,我的探长先生,先听我将樱桃的这段说完再去也不迟……"他给出了一个让两位探长放心的理由,"在调查过厨房之后,我就已经吩咐过一个别墅保安,让他守在花园门那里,不让任何人去破坏那个重要的现场了。"

"你当然会这样做的……"卡尔赞扬道,"你就和现场守则一样严谨。"

"多谢夸奖……"文泽尔将关于樱桃的话题进行了下去,"尼古拉斯他们摘完樱桃之后,当然是由厨房的小工来负责清洗和分装工作——这些糊涂的年轻人忙得手忙脚乱,根本就记不得清洗过的樱桃和杨梅都收在了几个碗里。得感谢酒会主人对厨房的高要求:那些樱桃在洗过之后,似乎还专门控干过——要知道,在最高级的餐厅厨房里也经常省略掉这个步骤……但我在厨房里看到的、那些盛装在透明塑料碗里的晚熟雷尼尔樱桃——它们全都是干净、新鲜又漂亮的!"他像是变魔术一般地从礼服口袋中取出一颗这样的樱桃,递给站在他身边的珍妮小姐——那当然是在厨房的问询中、在现场重演时被这位侦探拿来作为凶器替代品的那颗。

"这多亏一向以来的严格要求……"盖格先生接受了文泽尔的赞扬,"不过,竟然会对探案有所帮助,这可是我们不曾想到的。"

"让我们最后再回忆一下那些晚熟雷尼尔樱桃——就如珍妮小姐此刻手中所拿着的那颗一样:它们拥有最完美的外形、硕大的果实、经过清洗和干燥之后变得干净柔滑的果皮……尤其是那紫红色的果皮——那经常会令我想起取指纹时所经常用到的专用拓纸!"

众人再次发出了惊叹的声音。我们的侦探推了听得发呆的罗特探长一把,说道:

"现在你可以过去了,我亲爱的探长先生——你当然知道我们想要的是什么。"

罗特离开了主人房间。

"犯人记得擦去塑料碗上的指纹,但却不可能将每个樱桃都挨个擦拭一遍。"文泽尔笑道,"他不可能拿着装满樱桃的沉重塑料碗胡乱泼洒——我们不能忘记，他需要做出一个樱桃是从树上落下的假象。因此，他应该会一手拿着碗，另一只手从碗里取出一小把樱桃……这里一点，那里一点，让它们能够显得自然些……或许，在有必要的时候，他还会小心地用拇指和食指取出一颗樱桃，放在这样那样的位置，以修饰那些看起来稍显突兀的地方。"

"这犯人可是个相当细心的人……"艾米说道。

"只能说是迫不得已！"埃玛女士评价道，"为了避免自己受到怀疑，在这样的时候，一个盲人也会有办法将细线给穿到针孔里去的。"

"因此我们就拥有了很可能能够取到指纹的证物——这是我的假设中最有可能被证实的一环：从塑料碗最后放的位置来看，一个可能的路径是——从侧厅经花园道到厨房，在厨房的台面上取得凶器，在卫生间里行凶，回到厨房取得樱桃，在花园道上利用樱桃制造陷阱，从花园道回到侧厅，然后在侧厅里藏起塑料碗……"

"而奥古斯特则是从侧厅门来到大厅并前往卫生间的。"卡尔分析道，"又从同一扇门回来——他没有执行这个诡计的理由……你就是用这个来否定我的推理的吗？"

"也不尽然，因为执行诡计的也可能不是凶手——如果仅仅停留在这个环节上，我们还是能够得到很多种不同的解释。"文泽尔回答，"只是，根据尼古拉斯先生助手的描述，那柄刀是放在从花园门进来之后、一眼就能看到的地方的——从另一边来到厨房就看不到它：为此我还专门做过一次重演——这无疑加重了'从花园门进出者就是凶手'这个推理的筹码。"

"那么，在您的假设中，这整个案子的具体过程又是怎样的呢?"埃丝特小姐提问了,"刚刚的好像都是在解释一些小细节——虽然它们也相当精彩。"

"这正是我接下来要说的……"文泽尔耐心解释道,"首先解决掉麻烦的细节,会让我们稍后的进展快上许多。"

"您就快开始吧!"哈林上尉催促道。

"好的……按照时间顺序,大概八点半的时候,奥古斯特和酒会主人的谈判破裂。他从这个房间出去,手中拿着那张支票,正巧被普雷斯曼先生看到……这时的他很烦躁,想要解决问题却又力不从心。他在门外犹豫了一会儿——在这个当儿里,或许是在普雷斯曼先生到侧厅另一边去取酒的时候,西尔斯进入了主人房间。"

"会不会是奥古斯特恳求西尔斯帮他向约翰求情?"塔芙妮问道,"这是连续剧中经常出现的情节……"

"他们三人互相之间的关系不是不怎么样吗,"艾米对她好友的说法表示怀疑,"尤其是那兄弟俩之间。"

"可能有这样的一回事——结合我之前的某个假设:如果奥古斯特曾就酒会礼品向西尔斯咨询过的话……可能奥古斯特有意和自己的弟弟和好,但西尔斯却只是在做表面功夫——当然,这只是一个假设,现实情况可能大不相同。总之,西尔斯进入了主人房间。可能是奥古斯特专程请求他去的;也可能正如我的助手刚刚所说——他在进去之前被自己的哥哥拦下,让他帮忙向酒会主人说说情;但还有一种最为合理的可能:他们兄弟俩根本就没碰到——奥古斯特这时候可能正忙于将刚刚的那张支票藏到自己的皮鞋夹层里!"

"为什么非得将支票藏到皮鞋里呢?"埃丝特对这个小细节表示不解,"如果奥古斯特先生不是凶手,他也就无法预计到凶案的发生——在这种情况下却还将支票放在一个如此麻烦的地方，不是很奇怪吗？"

"无非是穷酸人的心态罢了。"埃玛笑着说，"并不是为了避免搜身被发现，而是害怕丢失——想想看，如果我也将我一生的积蓄随身带着，会不会随手放进自己的上衣口袋里呢？"

"那个……为什么'奥古斯特和西尔斯并未碰面'是最为合理的呢？"还没等到文泽尔对埃玛的解释发表意见，塔芙妮就又提出了一个新的问题。

"如果他们碰面——显然，奥古斯特就可以很轻易地猜到：西尔斯便是杀害约翰的凶手。回想一下当时的情形——奥古斯特情绪激动，急于脱罪；这时主人房间也并没有人知道西尔斯就是下一个受害者……"说到这里，我们的侦探看了一旁的卡尔探长一眼，接着说道：

"而当克卢先生揭穿他身份的时候，联系到之前的恐吓信事件，奥古斯特·多纳多的处境已经相当不利了……"

"即使这样，他也依旧没有说出西尔斯的名字来。"塔芙妮点了点头，"我明白了——奥古斯特也不知道凶手是谁，因此他们两人并没有碰面。"

听到这些，卡尔叹了口气说道：

"文泽尔，你完全没有必要替我的武断辩护——你这样解释，不过是想安慰我罢了……想想看，如果奥古斯特曾就礼品的问题向西尔斯咨询过的话，他怎么可能不对'1105'这个数字印象深刻？那么显眼的血字……其实，早在你招呼他进入主人房间的时候，他就已经知道凶手是西尔斯了——不论他们是否碰面，结果都是一样的。"

他顿了顿，接着说道：

"就算再怎么关系不好,毕竟也是兄弟:奥古斯特之所以没有将事实说出来,不过是打算替自己的亲弟弟脱罪……"他的声音越来越低。"而我却还一味认定他是凶手。在得知西尔斯的死讯之后,他几乎都要绝望了,我却还将他所要保护的人的死强加在他的身上……是我害死了他。事实摆在眼前,我却一点也看不到……"

"不要想得太多,我的朋友,事实可能并没有这么情绪化……"文泽尔这样安慰卡尔,并试图将话题从这个敏感的地方引开,"无论如何,在将支票重新收好之后,这位邮差先生打算舒缓一下自己的心情:注意!在我的假设中,他并没有杀人——他或许不需要用冷水洗脸来控制自己的情绪,他可能只是到哪个客用休息室里去安静地小坐了一会儿。而他待的那个房间又碰巧没有人——在致酒式开始之前,大家都没有喝得太多,不会想到要去休息室的。"

"我那亲爱的丈夫,即使是在喝醉之后也不会去休息室……"埃玛女士抱怨道,"他只会在胡闹一番之后倒在自己刚刚站着的地方,然后给我带来一大堆的麻烦。"

"在类似今天这样的酒会的上半段,那两个房间一般都没什么人去的……"管家盖格也证实道。

"因此,这时候我们需要一个关键的人物,一个主导第二起命案的关键人物。"我们的侦探接着说道,"现在我只能猜测,用已知的线索来推测——根据我刚刚定好的行动路径,以及那些已知的、在合适的时间段里被证实是在侧厅里逗留过的客人。"文泽尔意味深长地看了在场众人一眼。"在不考虑动机的情况之下,凶手甚至可以是侧厅里的所有人!"

"你是说,和那部小说里的情节一样?"艾米颇为吃惊地说道,"只要全部人都做了伪证——就可以有至少一个人顺利地从侧厅通过花园道来到卫生间,杀害西尔斯并大大方方地回到这里?!"①

"也可能是某个正在聊天的小团体吧……"埃玛女士笑道,"比方海因纳他们三个人,又或者哈米斯和上尉——当然,珍妮和埃丝特也有可能:只要一个人动手,其余人负责掩护就行了……哈,这可真是有趣的猜想!"

"完全是无稽之谈!"普雷斯曼对这样的猜测感到相当生气,"我们怎么可能会去做那样的事?!"

"是啊是啊!!"珍妮着急地辩解着,就好像自己真的犯罪了一样,"再说——路修斯先生当时应该正在花园道那边,我们如果要从那边的窗户出去的话,他也一定会看到啊!"

说完这句话,连珍妮自己也吃了一惊。大家不约而同地将目光投向了埃玛女士。

"嗨!你们总不会认为我的那个醉鬼丈夫会是凶手吧?"埃玛女士冷笑道,"他要是敢杀人,法国今年酿的全部红酒都会在橡木桶里变成食醋!"

众人默然,一种不信任的气氛在沉默中悄然滋长。

还好,我们的侦探不会让这种不好的感觉持续太久。

"看起来,大家似乎都忘掉了一个人……"文泽尔说道——他看了一眼哈林上尉。

这倒提醒了这位军人,他立即大声地回答道:

"雅玟·布兰琪——那位'留红色长卷发的女人'!"

"正是!"文泽尔点点头,"大家将这位可怜的小姐给忽略

---

① 这小说当然是指阿加莎·克里斯蒂小姐那部著名的《东方快车谋杀案》。

了——虽然在场诸位，以及外面躺着的路修斯先生都有着目前尚无法洗清的重大嫌疑，但考虑到几位死者之间的复杂关系，雅玟小姐却拥有一些可被推知的奇妙动机；因此，我将她挑选进了我的假设中，让她成为后半段推理的主角……"

众人这才松了一口气。

"正如珍妮小姐刚刚所说的，如果路修斯先生当时没有小憩一番的话——他是有可能看到雅玟小姐从落地窗出去的，因此他可能是一个十分重要的证人。"文泽尔接着说道，"下面我要来做一个具体时间的假设：我假设西尔斯进入主人房间是在八点三十五分——那时候我正和路修斯先生在落地窗那儿聊天，无暇顾及侧厅里究竟发生了什么事情；唯一能看到主人房间入口的普雷斯曼先生，也在差不多这时候离开了原本站着的位置，到侧厅另一侧的取酒台那儿去挑选一杯新酒。奥古斯特·多纳多——如我之前所说的，正忙着将那张支票藏到自己的皮鞋鞋垫下面……直到差不多八点四十分，我才从路修斯先生那里脱身，不妨假设得更准确些——八点三十八分：那时候，多亏我的朋友卡尔的帮助，我才得以离开侧厅。不久海因纳先生他们也离开了原本的位置——我们假设那是在八点四十分。之前上尉先生曾经和雅玟小姐聊过天——她当时是单身一人，可见西尔斯并没选择和她待在一起。而她在传闻中却拥有'西尔斯的女友'的名分，也是和他一道来到这个酒会的。雅玟和西尔斯同来这点——不论是从普雷斯曼先生那里听到的消息，还是从客人签名以及礼品清单上，都能够得到证实；甚至雅玟的签名，都是由西尔斯代签的——就连我这个笔迹鉴定的外行，都可以很容易地从客人名单上确定这一点。"

"同来的一般都是男女朋友哟！"艾米似笑非笑地对塔芙妮

使了使眼神——这位侦探助手被窘得满脸通红,赶紧伸手将她这位多话朋友的嘴给捂住。

为了避免尴尬,文泽尔也马上接着说了下去。

"显然,雅玟也没加入哪个聊天中去——她很可能是在等西尔斯过来……西尔斯或许答应了她什么,或许其中还有些更深的内幕……但是,我们只能假设,我们假设雅玟并不知道西尔斯和约翰的关系,她或许仅仅听到了些传闻——但这些传闻却让她心有不安了。她可能希望西尔斯能够给她一个更好的解释,或者单纯地对她好一点:但他显然没有做到。在她站在侧厅的某个角落,耐心等待的时候,却意外地看到自己的男友走进了主人房间——她对里面发生的事情感到强烈的好奇……终于,在八点四十分的时候:可能这时候路修斯先生正低头找寻着自己的白兰地——西尔斯已经进去整整五分钟了,一种不祥的预感,通过女人特有的直觉传递到她的脑中:她很想知道里面究竟发生了些什么事。于是,她从落地窗走了出去,来到这扇窗户的外面——"文泽尔指了指大酒柜旁的落地窗,"她从窗帘的缝隙中偷看……但似乎她最不希望看到的镜头恰巧在那时候发生,她的世界霎时间就崩塌了……"

"让我猜猜——"埃玛小姐打断了侦探的话,"她或许先看到西尔斯和约翰接吻,然后西尔斯突然拿起那柄裁纸刀,将它刺进了一脸诧异的约翰腹中……我的天,如果是我的话,一定会大声尖叫的——这就像是活生生的舞台剧一样!"

"或许正是如此——可能西尔斯打算和约翰和好,而约翰则打算和西尔斯彻底分手:之前酒会主人在这房间里,无意之间对我所说的话,似乎也给出了一定程度的暗示——他曾经提到过'摆脱'这个词…………反正,西尔斯在激动之中杀死了自己的旧情人——为了洗脱嫌疑，他在情急之中想到了奥古斯特送的那瓶龙舌兰酒。于是，他从金属纸巾盒里抽出一张纸巾来，小心翼翼地擦去了裁纸刀上自己可能留下的指纹，然后，又拿起约翰的左手食指，在合适的地方写下了'1105'这个数字。因为西尔斯也在德国多年，所以数字的德式手写体究竟是故意还是无意，很难下一个定断。写好之后，他又用纸巾擦了擦那根手指上可能沾上指纹的地方——应该就是在这时候，他将手指的位置给放到了最开始的数字上，从而在之后给我们以'SOLL'的错觉。

"……做完这一切，看着那具尸体，他或许想起了自己和眼前人共同经历过的美好时光，眼泪不知不觉地涌了上来，于是他揉了揉眼睛——他的隐形眼镜就在这时候掉了。他或许找了一会儿，但是并没有找到……他开始急躁起来，情绪被拉回到现实之中，害怕有人会突然闯进来。他最后看了尸体一眼，还是拿起那张用过的纸巾，用它包住门把——开门，关门，然后急匆匆地向着卫生间走去。"

"想要洗脸冷静一下，又想要将那张纸巾给冲到抽水马桶中去——"艾米点了点头，"理所当然！"

"没错……可最糟糕的是——这一切都被窗外的雅玟小姐看在眼里。"文泽尔说，"我们现在只能想象——她当时会有多么沮丧，多么愤怒：自己的男朋友一直在欺骗自己，还在她的眼前杀死了他的同性恋男友——这是多么荒谬又讽刺的现实！"

"换了我也会想要杀了他的……"埃丝特小姐喃喃道——似乎是觉得自己的说法有些过火，她扶了扶自己那副并不存在的眼镜，有些不好意思地解释道，"我还没有男朋友，似乎无法很好地体会那种心情呢！"

"不……我说不定也会那样做的。"珍妮对她的朋友说道，

"至少,在我曾经还很单纯的时候……"她也陷入了自己的回忆之中。

"罗曼蒂克造成的悲剧!"埃玛女士评价道,"我已经完全忘掉那种受伤的心情了——这就是酒之所以存在的理由!"这位女士再次举起了酒杯。

"她就这样萌生了杀机——可能开始的时候还没有,她猜到西尔斯会去卫生间,就也从花园道绕到卫生间去,虽然此时她也不知道她过去到底是要做些什么。侧厅和大厅里有很多客人,而花园道上却空无一人,因此,雅玟很可能比西尔斯先来到卫生间的门口——当她打开花园门的时候看到了那柄刀,邪恶的想法瞬间就淹没了她……她悄悄取过那柄刀,等待着西尔斯的到来。"

塔芙妮接着说道:"然后,她可能会以'想和他好好谈谈'为借口,随西尔斯一起进入了卫生间。她的男友心慌意乱,根本没法察觉到她的真正意图,也没注意被她草草藏起来的凶器……他们一起进了卫生间——可能西尔斯才刚刚打开水龙头,雅玟就已经将匕首刺入了他的腹部。"

"……这位聪明的小姐当时并不打算陪着爱情殉葬——她擦去了可能的指纹,冲掉了西尔斯用过的那张纸巾,然后,模仿西尔斯刚刚的嫁祸方式,写下了那个模糊不清的血字。"艾米接着将故事进行了下去。

"或许,这是人类在紧急时刻自发完成的一种应急机制——根据雅玟当时的情绪,她恐怕很难在情感面上仔细考虑眼前所发生的一切。"我们的侦探说道,"她或许也拿了一张纸巾包住门把——开门,关门。为了防止有人过早地发现尸体,她还找出一枚硬币或者其他什么东西……这可能要在化验过门把外侧旋锁夹缝中的残留物之后才能知道。"他看了一眼塔芙妮。"但愿她使用了和你们手上那枚币值不同的硬币——我不知道在她的遗物中能不能找到这样一枚被刮掉了少许金属碎屑的硬币：或许就在她的衣服口袋里。但我猜，以她当时想到使用樱桃来制造不在场证明的才智，她会将那个硬币也给藏起来。"

文泽尔思考了片刻，接着说道，"如果我是她的话，我还会将匕首给拔出来，小心洗掉上面的血迹。然后，在回厨房取樱桃的时候，顺便将那柄凶器放回原位——这样，我们面对的困难就会再次增大了。"

"任何案子都做不到完美的，"半天没说话的卡尔略显沮丧地说道，"特别是这种依靠临场发挥的情况——经常是我们再回头考虑的时候，错误就已经犯下了。"

"是啊，错误就已经犯下了……"我们的侦探感叹道，"完成了樱桃诡计之后，她回到了侧厅，将塑料碗藏到落地窗旁的窗帘下面——路修斯先生或许会是一位重要的证人，虽然雅玟也可能曾在花园道上一个绝佳的角度观察着他，等到他的视线因为某种原因离开那扇开着的落地窗之后，她才悄悄地溜进来。"

"这样就没有证人了……"埃丝特说。

"那第三起案子又是怎么一回事呢？"艾米问，"西尔斯杀死了约翰，雅玟杀死了西尔斯，谁又杀死了雅玟呢？这简直就和连环套一样。"

"纠缠在这复杂关系中的四个人全都死了，"我们的侦探解释道，"最后死的那位，虽然有一柄军刀放在那儿，却已经找不到人来拿起它。"

"……你是说，雅玟是自杀的？！"艾米对这样的假设相当吃惊。

"不可能！"埃玛女士似乎是对这轻率的猜想感到生气。"如果这样的话,那个血字又是怎么一回事?"她指着一旁的哈林上尉,"我和上尉都看到过那个血字的!虽然它现在不存在了,可您却不能忽视它!"

"这可要问您了,我的第一目击证人。"文泽尔微笑着说。

众人的目光都投向了埃玛女士——她对侦探这样的说法感到相当不满。

"这么说,您倒以为那最后的血字是我写下的了?哈,那可实在是荒谬极了!"

"我当然有我的解释,"这位侦探不紧不慢地说道,"前两个血字都有它们存在的理由,但这个血字却没有任何理由——该死的人都已经死去,雅玫在死前也承受了极大的痛苦,她完全没有必要再写下一个陷害用的血字……让我们想想看,在她回到大厅之后,她开始思考这一切:她意识到自己亲手杀死了自己最爱的人,又深知那最爱的人根本就不爱自己,该犯的错误也都已经犯下,就连复仇都已经完成——她忽然就发觉到,自己的生命已经完全失去了意义。"他看了埃玛女士一眼。"这样的一位可怜小姐,她为什么还要留下一个那样的血字呢?埃玛女士,让我们回想一下当时:你第一个看到雅玫从高处落下,你最先走到她的身边——你还做了些什么呢?她的手垂到地上,你将她的双手交叉放回到她的胸前——你当时有没有想到过,那个姿势是根本写不了字的呢?"

文泽尔做了一个那种手向下垂的姿势——他尝试着移动食指,试图完成某个数字的书写,却只能让一堆手指胡乱地在空中挥动。"一个正常人做到这点尚且不容易,何况是一个身体多处受到重创、承受着不可想象的痛苦、生命垂危的将死者呢?"

埃玛小姐叹了口气,又喝了一口手中的酒:

"当时我真是鬼迷了心窍!我就想着再出现一个这样的奇妙字样,你们还能够怎样解决——噢,我该是自由古巴喝得太多了吧……"

"这么说,当时你那样子都是装的了?!"听完这些,哈林上尉满脸的不可置信。他看了一眼自己身上那件被埃玛擦得血迹斑斑的银色西服,生气地叫道:

"你这个疯女人!!"

这位军人控制着自己的情绪,没有发作,只是将那件西服脱下,狠狠地甩到一边。

"这可太不应该了!"珍妮有些幸灾乐祸地说,"埃玛女士从那场景恢复得太快——我一早就看出有些问题了……"她十分得意地说,脸上满是报复的快感。

"你那漂亮脸蛋后面的大脑可做不到这些。"埃玛女士不气不恼地回应道,"我只是不想让这个有趣的酒会过早结束而已。"她平静地对文泽尔说道:"可能我确实喝得有些多了。"她将酒杯放到一旁。

珍妮赌气地"哼"了一声,也不管在场众人的反应,转身打算离开这里。埃丝特小姐赶紧过去,将这位朋友给拉住。这位漂亮的模特就这样给自己下了台阶,留了下来——她当然也想听完这整个案子的。

"这并不是什么大问题,"文泽尔接着说,"既然不可能是死者本人写下,那就只能是第一目击证人写下——事情就是这么简单。"我们的侦探看了一眼窗边的埃玛女士。"证人的反应太过夸张,给我的第一感觉就像是在表演。对比在前两个现场里埃玛女士的表现,很容易就可以看出问题来。她甚至故意将血字写在马上就将消失不见的位置,还选好时间让上尉先生作为目击证人——这是一道聪明的饭后甜点。"他对埃玛女士点了点头。

"微不足道的小菜!"她咂了咂嘴,有些泄气地说道,"亲爱的侦探先生,您可以继续了。"

"好的……回到雅玟小姐的主线上——她悄悄离开了侧厅……可能她觉得这别墅里到处的人都太多了,乱乱的,让她本就不好的心情变得更糟。既然她已决定要离开这世界,当然也想要找一个稍微安静点的地方——于是,她想到了屋顶。"

"那柄军刀是怎么回事?"埃丝特小姐问。

"可能她想选择和西尔斯同样的方式。"文泽尔答道,"从盖格先生的证词里,我们知道那柄刀是放在这别墅中唯一一道狭长楼梯旁的组合书柜中、一个显眼的小型刀架上的——雅玟取下了它,为了防止被其他人看到,她可能用什么东西包住了它。现在她并不担心留下指纹——一个将死的人唯一在乎的,是不允许有人破坏自己的死亡计划。"

"也就是说,那柄军刀上可能也没有雅玟的指纹?"哈林上尉问。

"没错……她先来到露台,然后,如所有胆大的轻生者一般,沿着屋顶边缘的石砌雨道走动,一直走到侧厅靠近主人房间这边:差不多是雨道的尽头了。她停步,看着楼下那些漂亮的灯饰,坐在那里想了很久。她可能也在犹豫——担心用刀刺下却不会致命,反而会因为疼痛而发出声音,引来其他人的注意。最后她放弃了用刀的方案,选择了从高处落下:她看着那些灯饰,看到那些致命的铁钩——于是她就放心了。"

"这些可怜的孩子……"一直默默听着的海因纳先生再也承受不住,一下子倒在了地上。普雷斯曼和克卢赶紧扶起他,两个人一道,搀扶着老者坐到一张椅子上。

"我没事的，没事……"老者的声音哽咽，强打起精神坐在那里，努力不让周围人看出他的哀伤来。两位朋友各执着他的一只手，紧紧地握着，希望能够给他一些支撑的力量。

"多么悲惨的故事！"哈林上尉搓搓手，拿起自己刚刚丢下的外套，"现在我们可以走了吧。"

这时罗特探长也回来了，他带来了些新的消息：

"我们的人在樱桃上找到了指纹，具体的报告明天就会出来！"他兴奋地向文泽尔报告。

"军刀上的指纹呢？"文泽尔问。

"刚刚出来的结果——只有约翰的指纹留在上面。"罗特回答道，"案子的经过是不是已经解说完毕了？"

他这回总算是察觉到了现场的气氛——真是一大进步！

"没错！"文泽尔微笑着点头，"只是，我现在还有最后的一个疑惑。"

"是什么呢？"本来打算要离开的众人，听到这话也都停下来，异口同声地问了这个问题——哈林上尉甚至已经都走出这房间了，现在也折返了回来。

"雅玟是如何处理指纹问题的——想想看，如果是纸巾的话：她用纸巾擦去刀柄和西尔斯手指上的指纹，用纸巾开门关门两次，用纸巾擦拭那个空的塑料碗，用纸巾包住那柄军刀，然后来到屋顶……一张薄薄的纸巾能用这么长时间吗？如果她拿了好几张的话，不会有些奇怪吗？"文泽尔说道，"这可能是一个没有太大意义的疑虑——也可能一张质量优秀的纸巾真的可以做这么多事情，但我们到现在还没有找到它……"这位侦探皱了皱眉头。"我也曾考虑到，她可能会选择用随身的衣物来做这些事情——那当然比纸巾要方便许多。但她的那件漂亮上装显然不适合用来取代纸巾的地位……"

就像是受到了什么启发一样,塔芙妮拉了拉文泽尔的衣袖,有些没把握地说道:"这个,我可能知道答案……"

"那正好由你来解答——"我们的侦探笑道,"我最得力的助手。"

塔芙妮不好意思地点了点头。

"我留意了雅玟小姐所穿的衣服——那是一套精心设计好的晚会套装……"

"*InStyle*!"艾米也叫了起来,"本期 *InStyle* 上面的推荐——你一说我就想起来了。"

"这么说那确实是的……"珍妮也点了点头。

"什么 *InStyle*?"上尉被这帮女士弄得莫名其妙,有些不耐烦地问道,"那和纸巾有什么关系?"

"一本时尚杂志,上面会介绍一些省事的时装搭配,以方便那些没有配装经验的女士使用。"塔芙妮开始回忆起雅玟尸体上的穿着,"白色的 Max Mara 上装,Strenesse Blue 的黑色百褶裙——下摆上的那条细小白线是设计上的亮点。"

"还有 Unisa Fiesta 的黑色磨砂皮鞋——高跟和鞋内侧都是漂亮的红色!"珍妮也兴奋地说道。

"是啊是啊,甚至还有 NK Company 的莲花形银坠和 Thomas Sabo 的'三银环'——那对耳环可漂亮极了。"艾米回应道。

"这些小配件都是齐全的,我看得最清楚……"埃玛女士证实道,"我偶尔也会看看那种女孩专用的杂志。"

"但却唯独少了 MEXX 的黑色真丝围巾!"塔芙妮提醒道,"我没在尸体上看到那条围巾!要知道,连小配件都如此讲究的话,围巾也一定不会漏掉的。"

"典型的德国人作风……"罗特探长嘀咕道。

"那么,上尉先生,您在和死者交谈的时候,是否看到她戴了这样的一条黑色围巾呢?"

文泽尔问哈林上尉。

"我十分确定——"哈林上尉回答道,"她戴了。"

"因此她用这围巾代替了纸巾,"塔芙妮总结道,"就是这么回事。"

"那这围巾现在到哪儿去了呢?"埃玛女士问道。

晚间的风总是突如其来——此刻的这阵风就是这样:它从开着的那扇窗户溜进这房间来,引得大家都向窗口看了一眼。

那里,几片法国梧桐的树叶被吹了进来,飘落在约翰的酒柜上、海因纳送的那瓶波本旁边。

似乎是快要下雨了。

埃玛正打算将窗户关上——这时,一条黑色的围巾,也被风卷着,从虚无的漆黑中来到这个热闹的房间里。它毫不理会在场众人对它的热情惊呼,就那样在房间的上空转了一圈之后,或许是有些疲累,开始缓缓地落下,落下……

直落到墙边上——那圈白色的人形轮廓线旁边。

调皮的黑色围巾遮住了那个血字。

在那里,除了一片黑色,我们现在什么都看不到了。

就好像,一切都不曾发生过一样……

第 24 节　特奎拉日落

"我从不认为，或者说，我从来就没有想到过——在这么多年的探长生涯当中……我竟然会遇到这样的一次重大失败。对此我丝毫没有准备：它使我猝不及防，一败涂地……"他沮丧又烦躁地将手中的酒喝光，空酒杯倒扣，用手指敲了敲桌子——泰格尔（Tegel）酒吧今天的生意实在是太好了，酒保们个个忙得手脚不停，根本就没听到这位客人那有气无力的两声召唤。还好，他似乎也并不是太在意。

"这个人是我的朋友——我们认识都快四年了。就是从那时候起，只要是我们俩一起合作的案子：不论是主动的合作还是被迫的合作——就像这次的一样……你知道，这次如果他不来的话，就很可能会变成一桩迷案；但他来了，我却又感到很不甘心——我也犯了不少的错误，那是我自己的问题，讲出来了……却又无法改正。"他看了看那个倒扣的空酒杯，"唉……都是我自己的责任，我到底是在埋怨些什么。"

在他身旁的那位先生，耐心地听着他那已经开始有些语无伦次的唠叨，并在合适的时候适当安慰他两句。

"并不是这样的，卡尔探长。"他很友善地拍了拍他的肩膀，"我相信您的能力，如果单单只是推理的话，您并不比他差在哪儿——或许您一见到他，潜意识里就有些神经紧张，就会犯下一些平时并不会犯的低级错误：我猜，您一心想和他比个高下——就是这种心情让您屡战屡败……"

"没错，就是那样！"他笑了——被人说破了他的心思，让他感到相当开心。"我怎么也想不明白，为什么他的手上就总有Tourné（法语，作为王牌的牌），而我却连好牌的边都摸不到。有时候，甚至是我辛苦做了一些基础的事情：最基本的情报收集、指纹比照、笔迹鉴定、现场问询……他却理所当然地分享了我的成果——我总在某些时候拥有一些优势……却又一定会在最后丧失殆尽。"他又敲了敲桌子，"你知道，就是这次——我从没有像这次这样，输得如此之惨。我将我作为警员的骄傲全部赌上，却换来众人的嘲笑，甚至还……"

酒保依旧没有过来，这位黑人探长也欲言又止。

而那位聪明的旁听者又给出了适时的开导：

"这才是事情的关键！我知道，我完全理解——你为那两条本不该死去的生命而备受折磨。"

卡尔抱住自己的头，什么也不说，表情痛苦。

"犯下的错已经犯下，失去的生命永远都无法回来——因此，苦恼将常伴着你，在你入睡的时候折磨你，在你做出新的判断和决定之时阻挠你，使你变得犹豫不决、丧失主见。你好不容易重新树立起来的自信，已经被这个案子给彻底毁掉了……我知道你的过去——哼，走出来是那么困难，走进去却又那么容易。"

这人的话几乎让卡尔的酒醒了一半，他怀疑又吃惊地问道：

"你到底是谁？"

"我是谁并不重要，正如人们仅在忏悔室里称呼'神父'，而不去叫他们的名字一般……虽然他们也知道那人的名字，但却希望他化身为上帝的使者——这是一个十分有必要的替代：他们称他为'神父'，称自己为'罪人'。这样他们就有了希望，痛苦也开始有了尽头……"

听到这话，卡尔反而笑了。

"哼，你大概也喝醉了吧。"他笑着，又敲了敲桌子，"如果米修罗大教堂的神父也喜欢来这儿喝酒的话，那个人就是你——你这醉酒的神父。"

"也许是吧，"这人也笑了，"但赎罪和拯救却并不因为人类的不相信而不存在——它们一直在那儿，只等着人们睁开眼睛，去看见它们，然后才相信……"

"你说这些有什么意义呢？"卡尔冷笑了一声，有气无力地问他。

"我想让你也看见。"那人喝了一口酒，笑着回答道。

"别开这种无聊的玩笑了！"他对那人摆了摆手，"上帝不会光顾酒吧的——天使也不会照顾醉鬼。"他又敲了敲桌子——这回酒保有回应了。

"您要什么？"

"一杯特奎拉日升！"他有些得意地对身旁的那位先生说道，"即使没有上帝，太阳升起也总是会带来些希望的……还有崭新的一天！"

他的目光重又变得坚定起来——虽然也就只有那么几秒钟的时间。"这次的失败我自己能够解决……就像你说的，我也不是没有解决过。哈，文泽尔也会犯错，每个人都会犯错——甚至神的光辉，偶尔也会投在错误的方向……卡尔，你可得振作起来——你的骄傲不会让你屈服：死去的已经死去，朋友也依旧是朋友……或许，等我喝下这杯日升，就该将这些不好的情绪给放下了。"他叹了口气,又轻敲了两下桌子。

身旁的那位先生却摇了摇头:"这样的说法只是逃避——并不是越过了坟墓,坟墓就从生命中消失。一些事情,发生了之后就无法改变。说要克服,不过是在自欺欺人而已……"

"你这家伙到底是想要干什么?"卡尔对这位先生的丧气话感到不满,说话的态度也开始不好起来——他本来就有些醉了:这不怪他。

"来告诉你一些东西,并交给你一个赎罪的机会。"这位先生面无表情地说着,从外套里掏出他的钱夹,打开,拿出两张照片,还有一封对折了的信,将它们放到吧台上。

卡尔将它们拿过来。他先看了那两张照片——每张照片上都是一块墓碑。

他对这些照片的内容感到十分不解。"这是什么?你新主持的葬礼照片吗?"

"看看上面的名字。"这位古怪的先生用命令般的口吻对卡尔说道。

卡尔就将那两个名字读了出来:

奥古斯特·多纳多

雅玫·布兰琪

这让他的心好像是被人用手用力攥住一样——他目光中的坚定彻底消失了,整个人也一下子变得萎靡起来。过了半天,他才低声问了一句:"你为什么给我看这个?"

"让你记得,你的肩上背负着什么;两块墓碑的重量谁都不能视而不见。"那人冷漠地回答道,"至于那封信,是莎拉波娃交给我的——你肯定还记得她是谁。哈,她和奥古斯特本来都快要结婚了……是谁拆散了他们?"

卡尔的手颤抖着。他取过那封对折过的信,展开它,犹豫一番之后,还是将视线移到了信首:

西尔斯,

你还不能原谅我吗?

我不知道应该在这封信里说些什么。那件事情,很多时候,我并不希望它是真的发生过——我总是想起你小时候,你那时候什么都不懂,我们家也很穷。不只是穷,甚至连街头的乞丐都比我们富有——他们没有债务。我对父母的印象十分模糊,但那些债务却十分清楚。你知道的,我完全不想让你去酒吧工作,这该算是一个天主教家庭的惯性思维……但愿望和现实总是相悖,即使是再亲近的兄弟,一旦不在身边,也会渐渐变得疏远。

我知道,你还在埋怨我当年收下海因纳先生那笔钱的事情。现在再告诉你理由,不知会不会太晚——没错,我知道你那时对我十分失望,认为我将你卖掉了。我当时对你说:我们正好有一笔债务要还……其实那是骗你的。我始终不认为你留在那间酒吧里会有什么出息,海因纳说的我都听在心里,我觉得你到德国去,可能会学到一些有用的东西,最起码,也能够开拓你的视野。

我还记得,在快要做决定的那段日子里,我每天都会去教堂祷告:我担心你的年龄太小,会下不了决心离开家乡——因此我祈求圣父,能够让我想到一个好法子,让你义无反顾地离开。然后……我猜,聪明的你一定已经知道,我收下那笔钱的用意是什么了。

那笔钱我存起来了，在你离开的这许多年里，债务差不多还清，我也陆陆续续存下了些钱。我知道，你从小就梦想要去艺术学院学绘画——我攒下这笔钱，虽然不多。但如果你需要，还是勉强够你缴上几个学期的学费的。

本来，你从德国回来，我就想着——我们家的一切都会渐渐变好。但我没有想到，你竟然会和那个男人纠缠不清……听你亲口说出这个消息，我真的很失望！我的心碎了……是的，我知道，我那时候不该打你……直到现在，我还记得你捂着脸，看着我，满脸怨恨的神情。我很害怕，那么多年的亲兄弟，怎么能一下子就那么陌生？

那之后，我十分憎恨约翰·贝恩斯这个人——这个名字让我恶心！我的内心很矛盾，按照天父的法律，你是理应被人唾弃的……但你却是我的亲弟弟，我总想起你小时候，我们兄弟俩躲在没有暖气的小屋里，相拥取暖时的情景。那时候，我就发誓要让你过上好日子。我没有用，一开始是靠捡啤酒瓶和卖报维生，原来的邮差路易斯先生可怜我，退休之后，让我顶了他的位置。一个邮差能赚多少钱呢？你好不容易遇到一个好机会，却被那个男人给毁了！

我一点也不愿去责怪你，真的……你看过那些言语恶毒的信，一定对我失望透了——但其实，我只是想警告那家伙，让他离你远一点。你知道，我们是亲兄弟，我怎么可能会去杀了你呢？天父也不会让这样的事情发生的——我每次投下这些信件，都会去忏悔室里悔过一番，向神父诉说我的不满。他劝我不要再这样做下去，但是……只要我一想到约翰·贝恩斯这个名字，一想到是他毁了你的一生，我就不由自主地继续了下去。

　　主啊！请您宽恕我！

　　我很快就受到了惩罚——我被他的人给抓住了，并被带到他的身边。我往他的脸上吐唾沫，他却笑了。他拿着一摞信件威胁我，说我如果不在三个月内交给他二十万欧的话，他就去告发我，并且要请最好的律师告到我坐牢，让我永远都没办法再干涉你们的事。

　　我很害怕，我知道他也将这件事告诉了你，让你越来越憎恨我。我这么多年才攒下了八万欧元——那是打算供你读书用的，怎么能够送到那个男人的手里呢？我真的很想告诉你实情，就在那天给你打电话的时候，我问你该送他什么酒，你很冷淡地告诉我酒名，让我拿笔记下来。你知道我当时有多么伤心吗？

　　我一度想将他勒索的事情告诉你，让你帮我求求情，但我最终没有这样做——我们多纳多家的人即使再穷，也不会向仇人低声下气！你更不能，但我或许可以……你知道，我会趁着这次酒会恳求他，让他将金额稍微降低一点点。我已经向我的女友借了两万欧，凑齐了十万欧元。我要在酒会上找个合适的机会向他求情，希望他能够将那些信件还给我。

　　小西尔斯，请你原谅，我将本来打算留给你的钱给了那个男人。我不想被关到监狱里去——那样我就再也见不到你了！我会重新开始攒钱，你知道的，那些债务已经全部还清了，只要我们能熬过这最后一关，以后的日子会一天一天好起来的！

　　至于那个男人，我已经听说了很多不好的传闻……我知道我的话对你肯定没有任何说服力，但我还是必须警告你——那是一个滥交的罪人，是一个魔鬼！我十分肯定，是他欺骗了你。但愿你能早一天发现他的背叛，尽快和他分开，找一个真正爱你的姑娘，过上真正幸福快乐的日子。

　　看完信之后不要难过，你的房间一直空着。我会给你铺上最干净的床单，准备好暖和的被子，等待着你的归来。

一直挂念着你的哥哥
奥古斯特

　　信从卡尔的手中滑落。他摇着头，一行泪水顺着眼角淌了下来，一直流到腮边，又滴落在那两张墓碑的照片上。

　　"奥古斯特的未婚妻诅咒着你——她希望你下地狱！"旁边的那位先生将手放在了他的肩上，"因此，你必须赎罪。"

　　卡尔什么话都没说，只是看着那封信发呆。

　　"是时候自我介绍一下了，我的名字是汉斯·穆斯卡林（Hans·Muskarin），一个谦逊的侦探。"他将一张名片放到卡尔的面前，"我和其他的几位志同道合者一直在进行一个计划，努力建立着有用的社会关系，并通过正当手段积累资金。"他喝了口酒。"我们都对无能的政府执法机构感到失望和厌恶，打算通过我们自己的手段给那些作恶的罪人以震慑……实际上，每个人都背负着不小的罪——如果我们逃避它，它就会逐渐控制住我们的心灵，让我们变得痛不欲生、麻木不仁……"

　　他看了一眼卡尔——我们的黑人探长依旧一句话也不说。

　　"因此，我们需要正视他——选择成为神的仆人，给予魔鬼最残酷的制裁：肉体与精神的奉献和信仰达成统一——这便是最好的赎罪方式！"他用颇具蛊惑性的声音缓缓说道，"我们的名字是'反七'——贞洁（Purity）、节制（Self-Restraint）、慷慨（Vigilance）、热心（Integrity）、温和（Composure）、宽容（Giving）、谦逊（Humbleness）……是人类一切优良的美德。而现在，'温和'的位置恰好空缺着：卡尔·诺纳探长，您是否愿意就此走向愤怒（Anger）的反面，加入我们神圣的行列呢？"

卡尔就如同没听见他在说什么似的，带着一脸恍惚的神情，敲了敲桌子。

"我还在……等我的日升。太阳升起之后……又会是新的一天……"这可怜的人喃喃自语着。

他的催促竟然立即奏效了。酒保走过来，递上一杯新调的酒。

我们的黑人探长就像是抓住了最后的一线希望，双手颤抖着将那个杯子给拿了过来。但是，当他看见杯中的内容之后，却如同置身于南极的冰川之中，僵在那里，一动也动不了了。

最上层的橙红色，逐渐向橙色过渡，最后变成淡黄色……

汉斯不紧不慢地跟酒保打趣道：

"我这位朋友要的不是特奎拉日升吗？"

"是吗？我还以为他点的是特奎拉日落呢！噢……我忘了放樱桃！"

酒保满不在乎地回答道，将一颗樱桃放入了那杯酒中。

那是一颗漂亮又诱人的雷尼尔晚熟樱桃。

好不容易完成的那杯酒，现在看上去，就和落日[①]一模一样……

[①] "特奎拉日落"（Tequila Sunset）的制法和序言中提到的"特奎拉日升"的制法大相径庭——酒保们最常使用的调制方法是，将一份特奎拉倒入放满冰块的柯林斯杯（Collins Glass）中，缓缓加入橙汁搅拌均匀，顶部加入半份黑莓白兰地轻搅，最后放上一枚樱桃。

第25节 尾 声

"不过是计划的一部分呢……"

"是啊,不过是计划的一部分——绝对是一个需要运气的计划,但我们考虑得却很周全。"

"只有那杯'特奎拉日落',算得上是唯一的意外——或者您预先收买了酒保?"

"哈!那确实是一个意外,就是个意外而已!"

"但犯罪可不一样。"

"当然,没有犯罪是偶然的。如果它们不发生,则需要些许的助力……"

"然后,一切都是顺理成章,履行者也便是天生的罪人……"

"而他们的死,即是理所当然的惩罚。"

"想想看,一个陷害的数字,就能那么轻易地作为灵感出现吗?"

"当然是计划好了的——正如预先给出的消息,和一些旁敲侧击的建议。"

"嗯,随随便便的几句话,还有一小点确凿的证据而已——让谁给出什么酒,让谁找谁取得建议……丧失主见往往就意味着丧失生命——做什么事情都需要好的计划。"

"正如让你们等在那里,那场谈话能够引开我们主角的视线,还能让麻烦的人群自觉站到自己该站的位置……"

"不然,在有那位主角参加的计划支线里,那个同性恋怎么可能成功?"

"……还有你故意的挑衅,终于使得那位局促不安的小姐,不得不去窥视那引人震惊的场景。"

"一些人会在什么情况下做什么事情,正如公式般准确和合理——就像某些人因为一时冲动而杀戮,某些人则需要周全的计划和隐忍,某些人甚至就白送了自己的性命……"

"事实摆在眼前——预测自然需要详尽的调查……还有,他们在正式公演之前应该得到什么消息,不应该得到什么消息;什么时候应该让演员走到幕前,选择怎样的站位,以及给出怎样的剧本提示……"

"操纵总是一门学问的……不过,我们也必须冒上一定的风险——还好,一旦起始数据固定,选择了相应的计划支线,风险就只存在于过程的准确性上了。"

"就像第二个数字——虽然事实行走的方向确实和最理想的情况一样……"

"这可是一场赌博!——不过,她倒比我们想象的更加聪明。"

"求生欲使人聪明。"

"我却给了她地狱的入场券……一句话而已。"

"那是一句假话——这又是一次冒险。换句话说:贵夫人在'第三个数字'那一幕的表演机会,就正如一次彩票抽奖。"

"一个走向死亡的聪明女人,再加上一个运气好的女人……不过,死前还能保持冷静的判断力,也确实不太容易——实际上,大部分人在这样的时候,都是无法掌握自己生命取舍权的:混乱、胆小和性急便是他们失败的主要原因。"

"而她却选择了一个必死的位置——这也是在我们计划之内的:近在眼前的漂亮灯饰恰好是死亡的诱惑,两位演员也已经确定了站位……哈!死亡和酒精恰是一对孪生兄弟。"

"她大概不会愿意被比作酒精的……不过,或者您也设想过计划失败的情况?虽然我们已经得到了满意的结果,但也同样不能忽略后半段中过高的风险……比方,邮差死于车祸就是一个很电影化的场景;即使我们预先安排了超速行驶的汽车道具,却也必须面对演员可能缺席的尴尬;还有,两个用刀者都创造了奇迹①——四次死亡,老实说,甚至没有哪一次的成功率可以超过百分之五十;虽然,对于那些执行者而言,成功率倒必须是百分之百……"②

"噢!我不是说过的吗?……如果好好想想看,你就会发现——计划失败,我们也不会损失什么;因为这也是计划的一部分啊!"

"这样的说法可不够谦逊……但一个那么容易上钩的人,真能够温和地面对一切吗?"

"只因为他在你的前面吗?——要知道,妒忌是危险的。"

---

①"两个用刀者的奇迹"指没入腹部的刀破坏大动脉而使被害人在短时间内死亡的概率——这和凶器、切入点以及入刀角度都有很大的关系(想想《冷钢》中提到的、信康的"十字腹":那样尚不能做到短时间内死亡);在情节描述上,我尽量使得时间以及凶器选择、使用等因素符合现实中存在的一些相关案例——经过合理的细节安排,这两次用刀尚可以勉强摆脱小说的浪漫主义束缚,而在现实中找到一个落脚之地;关于血涌、血渗和血泊形成时间(在合适的衣物以及被害人所取姿势阻止了血液喷涌的情况之下,写血字者等到"有血可蘸"以用来书写究竟需要多长的时间)等的考证,手头资料并不丰富;若以后获得一些新的可靠资料,发现需要修改的地方,也会进行相应的修改——这些并不影响原文的小说性。
②由此也可推知,新路德维希大道是一条没有安装交通监视器的、经常有车超速行驶的"特权街道"——这自然是随豪宅附赠给权贵们的特权。

"……如果说是疑惑,则是天生的了。"

"你是怎么来到我的面前?他是怎么来到我的面前?……或者你怀疑我们之间的坦诚?——那可是一切的基础!"

"您这么说,我就明白了……请原谅我的愚钝——看看,我大概又有些醉了,就和那天晚上一样。"

"哼!醉到差点说出你原来的名字……"

"没错!醉到我差点喊出——'英戈(Ingo)!在引人向善的路上,你可真算是一个热心人啊!'……"

虽然晚上下了一阵雨,星期一早晨的太阳还是照样升起。

证物科的指纹鉴定结果隔天就出来了,证实在花园道上找到的、雷尼尔晚熟樱桃上的指纹是属于雅玟·布兰琪的。

英斯那边的消息也令人满意——经过大量的信件笔迹比对,这位笔迹专家证实,第一个现场的血字实际上是由西尔斯·多纳多书写的。即使他故意扭曲了自己的字体,英斯还是从特征点分析上给出了这个可信的结论。

至于在第二个现场发现的血字,由于字迹变形严重,加上暂时缺乏雅玟小姐的笔迹记录,目前还得不到任何确凿的证据,证明它是由雅玟小姐所写。

不过,那柄"双子"牌水果刀上的指纹碎片也被证实是属于雅玟的,加上在MEXX黑色围巾上也发现沾有少许属于西尔斯的血液,进一步地证实了文泽尔的假设。

除此之外,路修斯·赫塞尔先生在第二天醒来之后,还给出了十分惊人的消息——他曾经看到"一位红褐色头发的小姐"从落地窗进来,时间上也和文泽尔的假设相吻合。我想,她在杀死西尔斯之后,尽管设计了那么多精彩的诡计来掩饰自己的行踪,却也开始有些六神无主了：竟然被路修斯看到她进来，这等于直接宣判了她的死刑。

但她毕竟已经那样悲惨地死去了，或许我不该说出这样的话才是……

对了，还有那枚关门用的硬币。在第二天的大规模搜查之中，证物科的人在侧厅的一个花瓶里找到了那枚硬币——可惜，上面没有找到任何指纹，或许雅玟小姐记得将上面的痕迹给抹掉。但是，那些残留在卫生间门把缝隙内的金属碎屑中的一部分，已经证实是从这枚硬币上剥落的。无论如何，考虑到当时出现在侧厅里的客人——即使没能找到指纹，也算是间接证实了雅玟小姐当时的行动路径与文泽尔在那天晚上所描述的情节有多么神似。

埃丝特小姐当晚终于没能赶上回梅尔市的火车。珍妮信守诺言，开车将她的这位新朋友接到她家去住了一个晚上——她们后来应该也聊得十分开心。

警方没有追究埃玛小姐制造伪证的责任——虽然哈林上尉对她的行为感到十分不满，却还是和当时在场的客人们一道向警方为她求情。文泽尔的宽容对警方的决定起了很大的作用，加上她的丈夫为本案给出了比较"具有贡献性"的证词，她在被拘留了一天半之后，终于能够和她的丈夫再次拥抱。据说，她从拘留所出来后所说的第一句话就是：

"快给我一杯自由古巴！"

海因纳和普雷斯曼、克卢在帕斯图尔庄园附近经营的那座私人酒庄终于凑够了必要的款项，不至于面临破产的危险，可以继续惨淡经营下去。

艾米在周一的下午茶时间里向我正式宣布，她再也不会给我

任何的酒会邀请函。她的理由是:

"有你和文泽尔在的地方就肯定会有案子……我可不想再去破坏别人的酒会了!"

我知道这个决定一定会被我的好友忘记——因此我微笑着点头,将一整块方糖悄悄放进了她的红茶杯里……

哈米斯花了三个礼拜的时间,将当晚在主人房间里发生的事情做成了情景模型——为此他接受了本市多家媒体的采访:他的照片也首次被刊登在《自由意志报》上。

看来,这位模型收藏家的爱好并不只是"单纯买入卖出"那么简单……

管家盖格还是留在新路德维希大道17号的别墅里,等待着他的新主人。

马虎的罗特探长竟然因为这个案子受到十分局的嘉奖,拿到了一笔不菲的奖金。

汉迪克在得知我们参加了这个酒会的消息之后(尤其是得知酒会上有Ch.Latour酒庄的红酒之后),专程打了电话来向我抱怨他的不满。当听说我们因为案子的缘故取消了致酒式,并最终没有喝到一滴红酒的时候,他就幸灾乐祸地挂断了电话……

这个汉迪克。

卡尔因为那晚的错误推理,在离开的时候显得特别沮丧。文泽尔想和他拥抱告别,他也没有理他……但愿他不会出什么事才好——这一切并不是他的错。

雅玟·布兰琪的骨灰被送回汉堡安葬——听说她在那儿有一位从小将她养大的姑姑。

西尔斯和奥古斯特的尸体被葬在民主墓园里一个比较偏僻的位置,墓碑紧挨在一起——这对生前互相猜忌陷害的兄弟,在死后总算是可以好好地团聚了。

我那嗜酒的老板,直到今天,还为再也喝不到那晚约翰所调的那种极品摩吉托而惋惜。

因此,我也还记得约翰·贝恩斯的墓碑上所镌刻着的那段墓志铭。

那是由本市品酒委员会的委员长克里克先生所亲笔题写的:

酒精最擅于迷惑人
死亡最富于戏剧性

(《特奎拉日升》全文完,于2006年9月17日晚11时,德国当地时间)

(初稿于2006年9月24日凌晨2时,德国当地时间/加入书信,细节修改)

(二稿于2006年10月29日凌晨1时,德国当地时间/修改第25节,补充附录五)

(三稿于2006年12月9日下午4时,德国当地时间/修改第23节)

后 记

兄弟之间的情谊，恋人之间的情谊，在侦探小说中究竟应该如何体现？尤其是——如果你打算写"暴风雨山庄"这个相对封闭式的类型，怎样深化情感主题，让各个人物更加富有张力？

《特奎拉日升》选择了两种比较有趣的方式：书面的信件和口头的故事。

这其实是经常在小说写作中被用到的手法，甚至我自己也曾经多次使用过——《千岁兰》中捷尔特博士就曾讲过大段的故事，还有《冷钢》中坎普尔小姐在狱房里讲的自己的故事，Erinyes中哥蒙尼也简短地讲述过黑兹尔的故事（甚至在Erinyes的末尾还出现了哥蒙尼写给黑兹尔的遗书）。

但如此大量地使用书信的内容，却是仅在本篇中才开始第一次的尝试（可能会在"四中篇"的扩写中有所借鉴吧，现在还不能下定论）。

实际上，那三封信件的内容，在最初编写提纲的时候是没有的。我在整个故事进行到差不多三分之二的时候，也就是到海因纳老头讲故事的那一段，突然觉得在开头放上两封具有类比作用的信件来照应后文，或许会收到比较好的效果。于是，我马上就这样做了——写信的时候使用了不同的字体，还专门抽出了一个单独的时间来完成。完成之后我就发现：这种特殊的写作形式，看上去确实比较有代入感。信件的内容也令我满意，现在全篇写完，回过头来再读的时候，自己也会被信的内容所感动：就觉得这些死者都是一群天真善良的人——除了约翰·贝恩斯，他是唯一一个集合了各种邪恶品质的家伙（笑）。

信件和故事都只能算是侧面描写：信件过分主观，故事过于片面。用这两者的结合来塑造人物和描写感情（并且故意不给这些人物很多的对话——比如雅玟小姐和西尔斯，这对情侣在全文中甚至一句对话都没有），能够给读者以充分的想象空间，这也就同时给了文章一种不拘于死板的活力。

再谈谈文中的对话部分。在这次的写作中，我特地对人物的对话进行了一些合理的规划——在每一次对话的进行当中，我都试图按照以下的任务概括来对在场人物进行合理的区分：

主持、提供、评论、批评、调解、催促、走题和气氛调剂。

主持经常是由文泽尔担当，但有时候也由卡尔甚至汉斯来分担。

这个任务的目的，是将已有的线索和资料进行整理，提出合理的假设，并主导整个对话的大方向。

提供者就很多了，几乎每个拥有对话的人物都担任过这个角色——他们的主要任务是提供各种形式的线索。比方海因纳的故事，甚至那三封落款不同的信件也可以勉强算是提供者（信件也可以算是一种自白式的对话）。

评论的任务，埃玛女士担任得比较多——即是对某段对话进行基于个人情感方面的总结，多半是用来活跃对话气氛。文泽尔在主持当中也插入过一些具有总结性质的评论，只是普遍都表现得比较中性。

批评和调解是共同存在的。批评以相对激烈的方式，对之前的某段对话内容进行部分甚至全盘否定；而调解则用以将正确的批评结论较缓和地纳入主线，或者将错误的批评结论较缓和地拉离主线——比方哈林上尉对英斯提出的笔迹鉴定内容进行驳斥，即为典型的批评，文泽尔之后的话就是对这次批评的调解。这种矛盾的产生和缓和过程被我用来制造情节上的小高潮。

催促是为了不让主线情节发展过慢而存在，并时常用来避免一些无用情节的展开，或者直接作为这些情节的终止（即所谓"打断"）——埃丝特小姐完成了很多次催促的任务，有几次近乎批评，因此珍妮小姐就以朋友身份来出面调解。对于和调解相关的对话片段，埃玛依旧经常性地给出评价。

至于走题，很多时候是由突然闯入者来完成（无名探员、无名保安、酒保、罗特探长甚至塔芙妮都充当过这种角色）：这任务的目的是强行将目前进行的任务打断，并完成一次"提供"的任务（不论所提供的内容是否对主线情节真有帮助）——优秀的主持人在听完新插入的线索之后，很快就能将对话拉回到主线上来。

气氛调剂的任务也由很多角色所分担，尤其是有罗特探长出现的那几段里，甚至为了气氛调剂而专门插入整段的对话。我习惯在某些颇为紧张的情节之后加入这样的内容，以让全文的走势更顺畅些，读者也不至于被一连串的紧张情节压得透不过气来。

这样的想法，颇有些"舒适推理"的意图藏在里面（笑）。

角色的任务变换是十分频繁的，某几位人物甚至可以在一段话中先后身兼"主持人""提供者"和"批评者"的任务（比如我们的主角文泽尔先生）。

如此的任务归纳是十分有趣的——结合人物的性格和特定的

环境，将他们与相关的任务对号入座之后，整篇文章对话部分的脉络，霎时间就显得十分清晰了，之后修改的时候也会方便许多。这个好方法，在今后的写作中应该也会经常用到。

本文修改完成之后，为了准备一个重要的考试，《燚》和"四中篇"的扩写只能暂时放下了。突然觉得有些对不起《燚》——按照原先制订的写作计划，它本来应该排在本文前面的：一个在极短时间内定下的写作计划，竟然挤掉了正在写作中的《燚》，进而让它被迫推迟到圣诞节期间才能继续完成，实在是很不好意思。

《昼夜》也相应推迟了，同时，一些新的计划也慢慢浮上水面——对于我用了半年多的时间精心收集资料、书写提纲的《昼夜》而言，未尝不是一件好事。

回到正题——希望大家喜欢本文，也能够继续支持这个系列。

以上。

附录一：朗姆酒和"哈瓦那俱乐部"

朗姆（Rum）酒是最著名的蒸馏酒之一，也是一种十分重要的鸡尾酒基酒。因大航海时代作为"水手的灵魂"以及著名作家欧内斯特·米勒·海明威（Ernest Miller Hemingway）对它的钟爱而被世人所熟知。当时加勒比海的一些海盗舰队，乃至某些资金不足的官方舰队，甚至直接以朗姆酒作为雇用水手时所付的工钱（一些嗜酒如命又无家室累赘的水手也乐于接受这种特别的薪酬）。

朗姆酒经常是通过制糖工业的副产品糖蜜（德语中是Melasse）制作加工而成，但也有少量是直接通过甘蔗或甘蔗汁制取的（如捷克产朗姆就是直接通过甘蔗制取的，味道和标准版朗姆完全不同——当然，由于欧盟酒业的相关约束，现在捷克产朗姆已经改名为Tuzemak了）。常见的产地有加勒比海一带、中南美洲诸国、马达加斯加、毛里求斯、留尼汪岛、印度、菲律宾、澳大利亚及大西洋的加纳利群岛这些盛产甘蔗的地方。据说，最早自1650年起，朗姆酒就已经开始批量生产了。

和威士忌及科涅克，自然是指用法国科涅克（Cognac）葡萄所酿制的白兰地类似，好的朗姆意味着更长时间的桶陈。蒸馏液在橡木桶里存放的时间越长，杂醇类物质就残留得越少，酒的味道也就越香醇。然而，存放的时间越长，酒的颜色也就越深——由无色逐渐变成淡金色，甚至褐色。还好这并不是什么坏事：受高级白兰地"颜色越深品质越高"的偏见影响，很多厂商也喜欢使用焦糖给本来无色的浅酿朗姆染色以抬高其价格（这正和一些龙舌兰厂商的所为如出一辙）。

一些知名的朗姆酒品牌，除了文中提到的"哈瓦那俱乐部(Havana Club)"和廉价的大厂产品巴卡迪[Bacardi，品牌注册地波多黎各，世界最大的烈酒品牌——我们相当熟悉的马提尼(Martini)，现在也归在这家门下]之外，尚有"摩根船长(Captain Morgan，注册地同为波多黎各，世界第二大朗姆酒品牌)"、圣特蕾莎(Santa Teresa)、老橡树(Old Oak，我们很容易由这个牌子联想到出生在橡树公园——Oak Park，国内通常的译法是"奥克帕克"——的海明威)等数十种。

来自古巴的"哈瓦那俱乐部"，在德国最常见到贩卖的是"陈酿三年"（即常说的"HC3"）——虽然这款酒的颜色略呈淡金色，但却标明了是白朗姆酒。另外一款完全无色的是"Añejo Blanco"（即"陈酿两年"）。这两款酒主要用来做调酒用的基酒。

和其他朗姆酒不同，"哈瓦那俱乐部"使用了威士忌名牌杰克·丹尼尔(Jack Daniel)所使用过的橡木桶，因此这个品牌的朗姆酒也掺杂有威士忌味道。

文中提到的"Añejo Gran Reserva"，实际上是褐色朗姆，不适合用来做摩吉托的——但约翰这样做了，而且，效果似乎还不错：至少，我们的侦探先生很喜欢（笑）。

我个人十分喜欢"哈瓦那俱乐部"的酒瓶（特指"陈酿三年"及其以上版本的，酒色完全无色透明的那种却并没有使用这种优质瓶子：因为它们是酒保专用的），它使用了精致又特殊的磨砂工艺处理，给人的触感十分特别，比经常遇到的劣质光面酒瓶要好得太多了。一瓶"陈酿三年"，在我居住的小城里，每瓶大概卖十二欧元。

附录二：来自墨西哥的龙舌兰酒

我经常在超市的货架上留意龙舌兰酒，因为它们经常都拥有十分可爱的造型——比如以墨西哥人的大帽子为主题的瓶盖，以及仙人掌形状的酒瓶……这些酒被放在显眼的位置，有时候，甚至就放在轩尼诗和我喜欢的黑标 Jack Daniel's（就是我刚刚提到的杰克·丹尼尔牌威士忌中的一种，正式的名字应该是"老七号[Old No.7 Brand]"。因为那首以田纳西为主题的老歌我开始喜欢起田纳西州来，因为 Jack Daniel's 我又喜欢起小城 Lynchburg——很多人认为"老七号"是一种波本，这实际上是误解，那确实是正宗又传统的田纳西威士忌）旁边。

一般被我们所经常提到的龙舌兰酒，实际上仅是梅斯卡尔（Mezcal）酒中的一种，其名字是我在序言中就提到过的特奎拉（尽管其实际的发音是特基拉）。

特奎拉生产在墨西哥被官方法令所严格管制，其目的是保证其高质量，以便出口时能够得到更好的价格。政府规定特奎拉只能使用蓝色龙舌兰或其 26 个亚种为原料来酿制（实际上，龙舌兰有多达两百到三百个分支，而非网络上所传的 136 种），所选材料必须无病，高度需在半米以上。平均来说，能达到标准的龙舌兰，种下之后，需等待十年的时间才可采收（某些品种仅需八年，但某些偷工减料的酒厂也会使用熟成时间未达标准的）——比之葡萄、樱桃、小麦、甘蔗等酿酒作物而言，如此长的等待时间可以说是绝无仅有了。

传统制法中，龙舌兰收割后，取其心洗净，在石炉中用60℃到85℃的慢火烘烤五十到七十二个小时——传统制法的好处，可以使龙舌兰心的植物纤维软化，阻止大火急温所带来的焦糖化，还能保留并增强天然的龙舌兰风味。

相当多的大厂却使用高压锅，以将烹煮时间控制在八到十四小时之内。

通过烹煮过程，龙舌兰心中原有的生物糖被转化为能够醇化的简单糖，之后就将所得产物碾碎（按照酒厂的不同选择过滤或者不过滤——传统的做法是连磨碎的残渣也一并用来发酵），用作发酵的原料。

此时人们要选择是否要制作百分之百的龙舌兰酒。如果是的话，过滤的龙舌兰汁或者未经过滤的果浆（德语称其为"Most"）就不加入任何添加物地入桶；如果要制作"Mixto Tequila"就在保留最少51%龙舌兰糖的情况下加入其他的糖，然后再发酵。

酵母方面，有些图省事的酒厂会使用常见的啤酒酵母，而如"马蹄铁龙舌兰（Tequila Herradura）"这样的老厂则利用空气中的野生酵母菌（称作Zymomonas Mobilis——这方法不是如啤酒酵母一般将糖分乙二醇化[经常被称作"Embden-Meyerhof方法"]，而是通过一种称之为"Entner-Doudoroff方法"的方式：将一单位的NADP+和一单位的ATP最终转化为G3P及Pyruvate）进行自然发酵：这种方式虽最能保留龙舌兰本身的风味，却因为需要控制在等待野生菌体的同时可能带来的细菌而必须使用抗生素，两种方法孰优孰劣还很难评判。

根据时节和温度，发酵过程往往需要经过一到两周——原先的糖被转化为酒精，酵母死去之后，我们得到百分之五到百分之七的度数。然后就要进行二次蒸馏（也有很少见的三次蒸馏——这追求高品质的做法却经常吃力不讨好），传统制法使用铜壶，现代制法则使用不锈钢连续蒸馏器——两种方法得到的产物基本上一样：清透无色的龙舌兰新酒。

最后，桶陈、打标、出口、上架……

按照是否陈年和陈年时间长短，是否为Mixto和是否染色，则被官方严格区分为以下四个等级：

Blanco (Plata) ——也被标为Silver：无桶陈，未染色，蒸馏后即装瓶出售。

Joven Abocado ——也被标为Gold，基本同Blanco，唯一的区别是使用糖蜜、橡木桶汁、甘油或者酒用焦糖上过色；而且，色素的重量比不得超过百分之一。

Reposado ——桶陈最少两个月以上。

Añejo ——桶陈一年以上，不设上限。橡木桶容积不得超过六百公升，必须经过纯水勾兑。

最高级的Añejo的话，比方马蹄铁厂的"Selección Suprema"行价甚至胜过三十年的波本。

由于墨西哥官方的严格规定，每一瓶出厂的龙舌兰酒上都印有蒸馏酒厂注册编号（Normas Oficial Mexicana）——这编号因为制作者的不同而各不相同；这也是本文诞生所依据的有趣知识之一。

最后澄清一个关于特奎拉的误解（这都是电影《生于七月四日》的误导）——特奎拉里从来都没有虫子！亲爱的酒客们，加少许盐和青黄柠檬片喝的时候,不要再往酒杯中投入虫子了——那是别处的一种梅斯卡尔,喝的时候在杯中放一只虫子,那并不是我们常挂在嘴边的龙舌兰酒!

附录三：雷尼尔晚熟樱桃

我家对面的一户中年德国夫妇拥有一个独门独户的院子，院子里有一株高大的樱桃树。每年六七月是收获季节，但夫妇俩却都不去摘那些累累的紫红色果实，只在树杈上几个显眼开放的位置贴上黄色的粘蝇纸，似乎是为了保护樱桃树，但他们从来都不理会那些樱桃。

每天早上我出门，就看到女主人在院子外面打扫落下来的樱桃，里面很多都被过路人给踩碎了——树开张得太厉害，很大一部分伸到院子外面。掉在自家院子里的可以不管，让它们成为树和草的肥料，但掉在外面的就不能不去理会了。于是，那一段时间里院外树荫下的地面就被樱桃汁染成紫红一片，加之隔天一早又按时掉满一地的樱桃果实，煞是壮观。

我并不奇怪那对夫妇为什么不吃樱桃，或者将它们卖掉，因为后山成片成片的苹果树、西梅树、杏树，果实也在成熟的季节落满山野，自然腐烂成为母树的营养。从事这些业务的农人只享受栽种的长期乐趣，并不在乎收成时的短暂快感。

但我却好奇这是什么樱桃——我曾经拾起过那株树的果实：樱桃的个头很大、汁水丰富，而且，非常甜，核也很小。有天早上我终于找到机会，向那家正在扫地的女主人打听，她告诉我这是"雷尼尔"(Rainier)，她还告诉我说，经常在地铁站附近看到的野生樱桃树是"宾格"(Bing)，虽然果实也很好看，但是很酸。

晚熟雷尼尔，华盛顿州育成的品种，八十年代中期也曾引入国内，主要分布在烟台和大连等地。果树的树势强旺，树姿半开张，幼树生长较直立，随着树龄的增大慢慢分权展开，枝条粗壮，树叶茂盛。一年生枝深褐色，多年生枝红褐色，大枝皮孔横裂、大而稀疏。晚熟丰产，果实颜色艳丽，熟透的果实呈紫红色，耐储运又抗裂果，抗寒。

自由意志市的年平均气温在十二摄氏度以上，夏季不是太热，冬天虽然有雪，却不会太冷，也没有大风，夏季则降雨量适中。冷山到园匠小径一带土壤肥沃深厚，通气性好，而且土壤天然呈微酸性，因此，有着培育晚熟雷尼尔的最佳条件（笑）。

实际上，晚熟雷尼尔的栽培是相当麻烦的：从最开始的建园（还好约翰·贝恩斯的花园是现成的。至少，有可供防风的草墙和高大梧桐树，以及完备先进的灌溉系统）、嫁接（光嫁接就有六种利弊不同的方式可供选择——不过，相信酒会主人会请到自由意志市最好的园丁），到授粉、整枝、施肥、病虫害防治……每一个环节都需要精心的打理。

这样看来，那几株厨房门外的雷尼尔，作为约翰的炫耀资本之一，倒也确实是实至名归的了。

附录四：新哥特式建筑

新哥特式建筑，即 Neo-Gothic Architecture，或称其为"哥特复兴式建筑（Gothic Revival Architecture）"。十八世纪中期在英国发起的建筑理念，其主旨在于承接中世纪的哥特式建筑风格并加以创新。

约翰·贝恩斯酒会别墅的建筑原型部分参照英国 West Chester 大学的菲利浦纪念堂（Philips Memorial Building，这是一个典型的新哥特式建筑）以及第 2 节的描写中所提到的法国枫丹白露宫——不对称的结构虽然是十六世纪弗朗索瓦一世（Franz I.）和海因里希二世（Heinrich II.）对皇家狩猎行宫毫无节制的扩建下的结果，却意外地收到了很好的视觉效果。

得益于接近七十度的屋顶坡度，别墅的侧厅和大厅拥有相当充裕的垂直空间，这也意味着漂亮的水晶吊灯和普鲁士蓝色的天鹅绒质帷幕成为可能。一道狭窄的楼梯通往唯一的一个二楼房间——那里设计成城堡中常见的塔楼形状，从房间出去是一个有着美观大气的砖造护栏的屋顶露台。人们可以从露台的一角小心地沿着石砌雨道通过大厅和侧厅的上空，来到别墅的另一边——为了配合巨大的屋顶，雨道也铺设得比较宽敞，穿高跟鞋在上面行走没有任何问题；甚至屋顶的清洁和修理，也需要利用这些设计巧妙的雨道来完成。厨房那侧花园门的独立新哥特式屋顶，由于显著的高度差（厨房、卫生间、吸烟室和两个客用休息室设计在一个独立的尖顶之下——而这个尖顶的最高处甚至比露台的位置还要低些；花园门那里到花园道之间有一段短小的木铺走道，之上又是一个小型的防雨用尖顶），是无法从露台那边沿着雨道到达的，因为大小的限制和为整体的协调美观着想，那个小型的屋顶并没有设置单独的雨道。因此，每年冬天清理屋顶的时候，需要用到梯子，工人们还会在清扫的时候不时受到雷尼尔樱桃树那粗壮树枝的干扰（笑）。

英美的很多大学建筑都采用了新哥特式，德国也有相当多的新哥特式建筑，《让最后一缕光芒消散》中蒙特利娅夫人的山间别墅在扩写之中，我也希望将其描述为哥特式（注意！不是新哥特式）。如果大家对相关的内容感兴趣的话，推荐看看 W.D.Robson-Scot 的《德国哥特复兴之文艺背景》(*The Literary Background of the Gothic Revival in Germany*)，书中有不少漂亮的插画，行文也十分有趣；或者 Megan Aldrich 的《哥特复兴》(*Gothic Revival*，伦敦 Phaidon 出版)，这本书中收录有很多关于新哥特风的最新内容，以及一些十分实用的相关概括和总结。

附录五：其 他

文中别墅大厅、侧厅和主人房间的内部装修（以及高度）、整个鸡尾酒会的感觉和布置（取酒台等等，但不包括影片中的跳舞部分）部分是在看过法国片 *Nach dem Grossen Knall*（片名德译，导演 Sarah Lévy，2005 年）之后得到的灵感。

第 21 节中，那瓶 1105 的 Catador Añejo 的包装，原型是同厂的一瓶 Catador Blanco——为了考证，我特地拜访了一些专门卖酒的小店，找到了这样的一小瓶酒，并记下了它的包装；Añejo 找不到，也打听不到酒厂的网址和具体信息（比方带照片的产品目录等）。如果有机会去一趟墨西哥的话，我会对此深入考证的。

培养良好的成熟雷尼尔樱桃表皮能够印上指纹碎片这点，经过考证可行——而且，樱桃清洗干燥过之后，再印上指纹反而会更加明显（这可能和温度等导致的变化有关）。

书信内容中关于柏林和汉堡的部分描写、地名等，都分别属实，并非杜撰。

文中酒品的调制方式及名称等，全部属实。

InStyle 在现实中，是一本在 Peek&Cloppenburg 购物时附赠的全彩小开本时尚手册的名称——自由意志市出版的 *InStyle*

则是一本畅销杂志[类似现实中的《女友（Freundin）》杂志]：这本每期400余页的半月刊自然比时尚手册要专业得多，仅仅是名称相同而已。

至于时装搭配中涉及的品牌和产品描述，也全部属实：换言之，都能在现实中买到，或者租到（参加酒会的各类行头还是租借一晚比较划算，NK Company和Thomas Sabo的饰品很多都价值不菲）。

第二稿的修改主要是将提纲中所列的、一些承接下一个案子的内容添加上去：类似的案情深化并不是第一次出现（如在Erinyes中汉斯和文泽尔的酒吧对话），或者可以称得上是我在写作长篇时惯用的"老套手法"之一。

在本文的最后两节中暴露了关于"反七（NEVES）"组织的大量信息，但描述却进行得相当隐晦——不过，该交代的部分都已经交代清楚：如果连组织派人在高处（为什么起篇就强调地点选择在冷山脚下？）监视别墅大门，以及让西尔斯预先得到约翰背叛他的消息和证据，还有他的杀人准备及某人给出的一些建议和帮助等细节都一一罗列的话，便不止减低了阅读时的兴致，几乎都是在侮辱读者们的智力了。

至于笼络卡尔的目的，以及"反七"对卡尔的利用（这样的处理似乎预示着我们的黑人探长将会得到一个悲惨的结局——不过，谁知道呢？我也不喜欢老套的电影情节），理所当然的，将会出现在系列的某个新篇当中。

实际上，按照我的设定，整个系列中最厉害的反面角色（这个"反面"，当然也只是相对而言——毕竟，每个人都在履行着属于自己的"正义"），到现在为止都还没有真正露面（只在Erinyes中有一句话与之相关）——他当然不是"反七

(NEVES)"目前的领袖汉斯先生,而是一个对我们的某位主角而言相当重要的人。在讲述塔芙妮初次登场故事的新篇《不在场的贝多芬猫》中,或许会有少量的侧面描写。

在写作中我一直坚持"存在不同的可能性",我们的侦探在文中也鲜少用到"一定""绝对"这样的字眼——留下更多想象和讨论的空间,似乎可以让一篇侦探小说更有活力些——这可并不是不负责任:毕竟,写小说和写实验报告大不相同(笑)。

图书在版编目（CIP）数据

特奎拉日升 / 文泽尔著. —— 北京：新星出版社, 2021.3
ISBN 978-7-5133-4333-6

Ⅰ.①特… Ⅱ.①文… Ⅲ.①长篇小说-中国-当代 Ⅳ.①I247.5

中国版本图书馆 CIP 数据核字（2021）第 017467 号

午夜文库
谢刚 主持

特奎拉日升

文泽尔 著

责任编辑： 王　萌
责任校对： 刘　义
责任印制： 李珊珊
装帧设计： hanagin

出版发行： 新星出版社
出 版 人： 马汝军
社　　址： 北京市西城区车公庄大街丙3号楼　　100044
网　　址： www.newstarpress.com
电　　话： 010-88310888
传　　真： 010-65270449
法律顾问： 北京市岳成律师事务所

读者服务： 010-88310811　　service@newstarpress.com
邮购地址： 北京市西城区车公庄大街丙 3 号楼　　100044

印　　刷： 北京天恒嘉业印刷有限公司
开　　本： 910mm×1230mm　　1/32
印　　张： 7.125
字　　数： 112千字
版　　次： 2021年3月第一版　　2021年3月第一次印刷
书　　号： ISBN 978-7-5133-4333-6
定　　价： 42.00元

版权专有，侵权必究；如有质量问题，请与印刷厂联系调换。